うみみたい

水沢なお

河出書房新社

うみみたい

うみみたい
5

スウィミング
99

生殖する光
113

火の粉
159

うみみたい

タクシーの中で光る葉っぱ。馬のおなかはいるかみたい。歩道のペールグリーン。にんげんの好きになりかたってわからない。好きなのに、ずっと好きじゃない。

「あ、毛が生えてる」

車窓の外、揺れる光の群れが足元を照らす。ひとつの毛穴から、にょきと二本生えている。わたしの毛。玄関でサンダルに素足を通したときには、気がつかなかった。

「大丈夫、わたしも生えてる」

そう言って、みみはわたしの白いビルケンシュトックに、自分の右足を寄せた。みみが履いているシースルーの靴下、透けた足の指のふもとに、さらさらと毛が生えている。

「まあいっか、四月だもんね」

「うん。四月だから」

頬の少し高いところに流れていく景色を反射させながら、みみはまっすぐにあくびをした。歯に詰まっているのか、さっき一緒に食べた、ブルーベリージャムのにおいがこちらにまで届く。

「やっぱり、みどりにするべきだったなあ」

「なにが？」

「むむの目」

むむは、山と山の子どもだ。手のひらにのるくらいの、まだちいさな山。くまのような耳の生えたくまむむむ。かにのように横歩きのかにむむ。しんしんと降り積もる雪のように真っ白いゆきむむ。むむはその土地の記憶をなぞったかたちでうまれてくるのだった。

家を出る直前まで、みみはむむの目をつくっていた。透明なシリコン型に、レジンを流し込んでつくる。ひとつひとつ、丁寧に。

キャンバスのなかの山に点々を描いた。それを見て、いきものみたい、とみみが言ったのがはじまりだ。油絵だったものを、輪郭のはっきりしたキャラクターとしてデザインしたのは、みみ。Twitterの運営は、わたしがしている。最近、フォロワーが二千人を超えた。月に一度、ネットショップで販売するむむぬいぐるみは、三十個ほどが即完売するようになった。むむ、はいつの間にかむむとしてそこにいて、だれがそう呼びはじめたのか思い出せなかった。

みみの手のひらのうえで、むむは心地よさそうに、淡く燃える木々を見ていた。向かい側に座るおそろいのTシャツを着たふたりが、それを見てくすくすと笑っている。その重なった頭のかたちを見ていると、中学の同級生だったはぎちゃんのことをなぜか思い出す。

駅から五分ほど歩いたところにある河川敷に、レジャーシートを広げる。よく晴れているから、薄くバターが塗布されたように川や芝生がてらてらと艶めいている。弁当が入ったリュックは木陰に置いて、スケッチブックと水彩絵の具を取り出す。みみはマックブックエアー。むむをふたりの間にある平らな石のうえに置くと、わたしはクロッキーを、みみは動画の編集作業をはじめる。

「川には、電波がないのがいい」

「そうだね」

「誘惑されないから」

「みみも誘惑されることあるんだ」

「あるよ」

みみは、ぱちぱちとキーボードを叩いている。ゲームの実況動画に弱いのだと言っていた。倍速で再生すると人間の声が雨音のように響いて、妙に落ち着くのだという。

わたしたちは、一年前まで同じ美術大学に通っていた。みみは、九月が締め切りの岡本太郎賞への公募に向けて、わたしは八月にあるグループ展に向けて、それぞれ制作を続けている。みみは、大学を卒業してからほとんど絵を描いていない。いわゆる、メディアアートとか、インスタレーションと呼ばれる表現方法に興味が傾いている。

「これはなに？」

みみのパソコンを覗き見すると、画面のなかには地球が浮かんでいた。３ＤＣＧで表現された惑星にはかすかにグリッド線が透けて見える。そこに、ちいさなうさぎのような、錠剤のような白い粒がふたつ、宇宙船の軌道にあわせてにゅっと現れ、ぱっと薄紫色の布を広げると、地球をまるごと覆い隠した。

「これは、ありとあらゆる受精を阻止するシーン」

「へえ」

みみがマウスを動かすと、地球はあらゆる衛星と距離を保ちながらくるくると廻った。遠ざかる水星。うつむくみみのまつげ。まぶた。スケッチブックをひらいたままそれを見やると、肉体のかたちがぎゅっとわたしのなかに滑り込んできて、光を混ぜる。人間を描いたらいけないんだ、境目を描写するだけだ。そのかたちを、美しいと思わないための訓練を、わたしは繰り返す。

「うみって、作品には人間を描かないよね」

「人間を描くのってこわいじゃん」

「こわい？」

みみは木漏れ日に目を眇《すが》めながらこちらを見た。

「うん。こわい」

「でも、こうやって、毎日人間のすがたを描いて、肉体を追いかけ慣れた手で木とか山とか川を描いて、それがわたしと身体の、ちょうどいい距離感だから」

膝に立てかけたスケッチブックの、折れ曲がった角をなぞる。水を含んだ筆で撫でた、紺色の影がそっと落ちている。これ以上、かたちが変わらないから安心する。

「まあ、わたしもこわいから。絵を描くこと」

みみは言った。

「そうなの？」

「いいわけができないから」

小鳥の声が聞こえる。ちいさな羽とくちばしは草むらに飛び込み、細い茎のうえで尾を震わせる。土をつつく。丸くて茶色い腹をもつひと。橋の下に巣をつくるひと。ひなの世話をするひと。釣りびと。ウクレレを弾いているひと。おそろいの黒いTシャツを着て合気道の練習をしているひと。首の後ろに腕をまわして、ひとに触れる練習をしているみたいだ。なにも知らない。

みみの頬に止まる緑色に輝く虫の、誕生日も、名前も、きょうだいの名前も、どのようにうまれてここにいるのかも知らない。粉っぽい指を伸ばし翅《はね》をつまむ、むに、と指先に伝わるやわらかな感触に、わたしは黙ってしまう。

「喧嘩したくないからさ」

「うん」

「全部、はんぶんこにするのはどうかな」

みみは川を眺めていた。

「むむは、わたしたちふたりのもので、でも本当はだれのものでもないの」

「いいね、それ」

「むむも、それでいいよね」

むむは、みみの膝のうえで黙っていた。山でうまれたむむは、まだ人間の言葉がわからない。

お山座り、をする。シートの下に群生する草の弾力を尻で覚える、抱えた膝下に生えた産毛はモールのような硬度を保ち、枯れ草を落とすように手で払っても、そこに毛はある。当たり前にある。でも時折笑ったりする。

「おなかすいたね」

　みみと、むむと、ずっと三人でいたい。透明なくまのヘアクリップに、川の水面がきらきらと反射していた。水色の髪、ぴんぴんと跳ねた枝毛。わたしは、みみの大切にしているすべてになりたい。


「春菊とかがいいのかな」

　わさ、と艶のあるビニールのうえから葉の束を撫でたので、うんと頷いた。爪先が泥で汚れていた。クックパッドをひらいたままのスマートフォンを片手に、春菊の重みが増したショッピングカートを押している。みみがすぐとなりにいるのに、意識は発光する画面の奥に吸い込まれていく。【無限ループ確定】レモン鍋、というレシピを見つけてから、はやくそれをつくりたくて仕方がない。料理はそう楽しい作業ではなかったが、ふたりで鍋をつつきながら、互いの好きな映画を見て、その感想をぽつぽつと語り合う時間が待ち遠しい。

「あと、レモンと、豚バラ肉と、白菜と、大根おろしが必要らしい」

「うん」

　スーパーマーケットに行くと、あらゆる生活の気配とすれ違うので、わたしはそれをくんくんと嗅ぐ。目の前でみかんを何個買うか悩んでいるふうふ、と思わしきふたり組はきょうだいのようによく似ている、きっと犬を飼っている。生ぬるく赤い腹をした、かしこくてまろやかな犬が、いちじくが植えられた庭のうえを駆け回る。鏡張りの柱の前を同じような背格好のふたりが通り過ぎる、双子の犬みたいで、そのあとをついていくと、駆け回る庭のないわたしたちの家にたどり着く。

去年の五月、みみのアトリエを貸してもらうことになった。香川での滞在制作の間、ビカクシダの水やりをしてくれる人を探しているというので、〈世話したいです〉とLINEを送った。卒業後、自分のアトリエはまだ見つかっていなかった。そのくせ公募に向けて100号のでかい絵を描きたくなっていたわたしは、広い作業場を探していた。みみのアトリエは、築五十年近いモルタル木造二階建ての一軒家で、一階は常にブルーシートの敷いてあるアトリエとして、二階は居住スペースとして使用されていた。みみのとなりの部屋はがらんとした空室で、そこにホームセンターで買ってきた薄手のマットレスを敷いて寝た。みみの家に置かれたカーテンや机、皿やマグカップの色合いは薄緑で統一されていて、どれも不思議とわたしの手に馴染んだ。だからといって、持って帰ったらいけないことは、わかる。七月になって、お土産を持ったみみが香川から帰ってきた。小豆島《しょうどしま》そうめんを二人前茹でて一緒に食べた。わたしが世話をしていたビカクシダを見て「つやつやじゃん。うれしい、ありがとう」と礼を述べたきり、特になにも言ってこないので、互いにとなり合う部屋で眠った。

さらに一ヶ月ほど経っていた。その日は、汗ばむような蒸し暑い日で、わたしたちは向かい合って鍋を食べていた。暑い日に冷たいものを食べると心地が良いことは知っていたが、熱いものを食べると疲れることにはまだ気がついていなかった。

「わたし、帰らなくてもいい？　もちろん、家賃も払うし、家事も分担するし、全部はんぶんになったらすごくいいと思う。そのぶん、美味しいもの食べたり、画材を買ったりできると思うし」

絵が完成したら帰るから、と言い張り、わたしはみみの家に居座っていた。スーパーで買い物をして勝手に料理をふるまうことで、家賃や光熱費を払っていないことの罪悪感はなんとなく紛れていたが、もうそろそろ限界のような気がしていた。

「うん。じゃあ、まだ帰らなくていいよ」

みみは豆腐を箸で割りながらそう言った。

「まだ？」

「うん、しばらくはここにいてもいいよ」

そっか、と言いながら帰りたくなかった。それに同居人として、わたしはそう悪くない相手だと思った。夜勤が多いみみの代わりにゴミ出しができるし（はじめて家に来た日はゴミ袋で溢れていた)、くしゃみ音は大きいけれど数は少ないし、たまに絵に描くための花を摘んで持って帰ってくるし、そしてなにより、一般的な同年代の人間よりは恋愛や結婚が理由でこの家を離れていく可能性が低かった。

「できれば、ずっとここにいたいんだけど」

みみは、思い悩んでいるのか口を閉ざした。ぐつぐつと鍋が煮える。

「じゃあ、わたしに誓って」

「なにを?」

「人間を愛さないことだけ誓って」

スーパーの冷凍庫のひりついた霜のにおいを浴びながら、わたしはいまでもその言葉の意味を考える。凍った剥《む》きえびを手に取る。ひとはひとを愛するためにうまれてきたのだと、そういういきものになるのだと、疑いもせずこれまで生きてきた。わたしには、その運命を受け入れる覚悟があって、だけど愛のすべてと折り合いがついているわけでもなかった。やがてセックスへと流れ着くのかと思うとほとんどの恋愛は恐ろしかった。だからこそ、そうなり得ない親密さはどこまでも心地が良かった。

みみと一緒にいると、人間であるとか、フリーターであるとか、女であるとか、そういった自分の属性を忘れることができた。よく食べ、よく考えるけものとして、絵を描く愉快な惑星として、窓辺のカーテンに染み込んだ山として存在することができた。でも、みみがそばにいないと、わたしはそれを忘れてしまう。剝き身を持つ指先が冷たくて痛い。わたしはえびが苦手なのに、それではまるで愛みたいだと思って、みみの好物をもとに戻す。

「まだ家に鍋キューブってあったっけ」

「どうだったっけ」

調味料が並んでいる細い通路にみみは入っていった。

「濃厚白湯《ぱいたん》しかないよ」

広い通路で待っているわたしに向けて、大きな声が返ってくる。

「うん。それでも良さそう」

親指と人差し指で丸をつくる。みみは鍋キューブをかごに入れ、また先を行く。

「ねえ、うみー。ホンビノス貝、半額だって」

「へー、二百円か」

「良くない？　これ」

みみは、パックの内側でゆるやかに呼吸する砂色の貝殻を見ていた。子どもみたい、と子どもの目なんてもう久しく見ていないのにそう思う。

「このスーパーで生きているのって貝だけ？」

「そうかもね」

わたしは言った。

鍋の材料がそろったので、レジ待ちの最後尾にカートをつけた。地域でも激安で有名なスーパーは、休日の夕方頃は特に混み合っている。少しずつ進む列、カートをゆらゆらと前後に動かしながら、レシピサイトの広告のなかで踊っているしろくまをつい眺めていると、ぽん、と通知が降りてきた。

「妹が逃げ出したって」

「また？」

「うん。また」

代金を支払っている間に、みみはかごをサッカー台へと運んだ。豚バラ肉の入ったトレーを薄いポリ袋でくるみながら、いってらっしゃい、とつぶやくので、わたしはなんだか寂しくなった。

「鍋、明日でもいい？」

「うん」

「絶対だよ」

わたしはスーパーの駐輪場に停めた水色の自転車にリュックをのせると、ライトを灯すために重くなったペダルを二十分ほど漕いで鷹《たか》の台《だい》へ向かった。

孵化《ふか》コーポ、と切り抜かれたビニールシートが貼り付けられたすりガラスの扉は、横に滑るように開く。玄関でサンダルを脱ぎ、指と指の間に挟まっていた枯れ草を落とす。スリッパに履き替えてから、一目散に106号室へと向かう。

扉を開くと、ぷここここ、とエアーの音が響く。無数の水槽で満たされた、六畳ほどの部屋。目視では、天井や床には張り付いていないみたいだけれど、ちいさな身体の妹は、どこに潜んでいてもおかしくはない。踏み潰すことのないように、そろりそろりと水槽に近づく。ヘビ、カメ、トカゲ、イモリ、カエル、ウーパールーパー。爬虫類と両生類のいきものの前を通り過ぎ、ようやく辿り着いた水槽の、きちんと閉まったフタが見えた。そのなかで、イモリの妹は透明な壁にしっぽをこすりつけている。

「よかった、いてくれた」

ほっとしたら、どっと疲労が押し寄せてきた。照明を落とし、リビングへと向かう。冷蔵庫から、だれかがつくり置きしてくれた麦茶のペットボトルを取り出し、二階へと上がる。

仄暗《ほのぐら》い廊下の突き当たりに、正円の窓がぽっかりと空いている。そこから差し込むかすかな光が、左右に三つずつ並んでいる扉を照らす。わたしは美術館で絵画を眺めているときのように、まなざしを硬く保ちながら、その扉の前を歩く。

〈貝〉

〈うみ〉

〈えび〉

各部屋の前には、自然の家とかで手づくりするような、木製のプレートがぶらさがっている。わたしはリュックのポケットから鍵を取り出すと、〈う〉の文字からはみ出す透明なボンドを眺めながらドアノブに鍵を差し込み、なかへ入る。

六畳ほどの和室には、ちいさな窓、真っ白くてきれいなエアコン、すのこにのったニトリのマットレスが置かれている。わたしはペットボトルを床に置くと、シーツのうえに寝転び、緑化《りょっか》さんにＬＩＮＥを打った。

〈妹は無事でした〉

ぽっ、と既読が浮き上がってきて、むむがうれし泣きしているスタンプが現れる。

〈わざわざすみませんでした。ありがとうございます！〉

〈明日、朝からのシフトだったんで大丈夫ですよ！〉

緑化さんからは、月に一度くらいの頻度でこのようなＬＩＮＥが届く。孵化コーポの玄関の鍵を閉め忘れてしまったかもしれない。水槽の水を換えたあと、蛇口をひねったままだったかもしれない。電車に乗るよりも先に気がついたときは、引き返して確認をしているけれど、大体は最寄駅に着いた瞬間にふと不安になるのだという。そう語る緑化さんの気持ちが、わたしにはよくわかった。だから仕方がない。

〈妹、無事でした。今日はこのまま孵化コーポに泊まります。おやすみ〉

そうみみに伝えると、目を閉じた。

孵化コーポでバイトをはじめたのは、大学一年生の五月のことだった。構内に貼られたチラシのなかから、孵化バイト募集、という文字に惹きつけられて、その日のうちに面接に行った。チラシは、連絡先が書いてある場所だけがたこの脚のようにひらひらとしていて、そのうちの一本をちぎった。

大学から歩いて五分ほどのところに孵化コーポはあった。店長は赤紫色のぞうさんじょうろで生垣に水やりをしていて、面接希望だと告げると、その場で質疑応答がはじまった。

「ヤマビの学生さん？」

「ああ、はい」

店長は水やりをする手を止めなかった。

「それは、いいですね。祖父はアートが好きだったから。ここでヤマビの学生向けの学生寮を営んで、死ぬまでアーティストのたまごと暮らしていて。そういうの、羨ましいなって。だから、二、三年前からここで、孵化するいきものたちと暮らしているんです」

「へえ」

じょうろを摑む手を横目で見ると、日に焼けた肌にほくろが目立った。細身だけれど肩幅は広く、分厚いガラス水槽のなかで、長い時間をかけて手脚を動かす、タカアシガニの姿が思い浮かんだ。

「ブリーダーっていうとわかりやすいかもしれないですね。だけど効率的な繁殖をめざしているわけでもない。販売を目的にしているわけでもないんですが、どうしても飼いきれない個体はヤフオクとかで販売して、その利益でエサを買ったり、新しい住人を迎え入れたりして、なんとか維持をしている状態です」

「はあ」

ぞうさんの鼻先からこぼれる水が途切れた。

「孵化バイトって、わかります？」

「わからないですね」

「じゃあ、見てもらってもいいですか」

孵化コーポへの立ち入りが許されたわたしは、店長の案内でそのなかを歩いて回った。かつて人間が住んでいた部屋は、すべて卵生のいきもののために整備されていた。

「すごい。たくさんいますね」

二階に上がる前に、早くもそう口にしていた。

「ぼくすごく好きなんです、たまごをうむいきものが」

「はい」

「想像しますよね。ぼくのたまごは一体どんなかたちをしているんだろうって」

そのときの、店長が手のひらでつくってくれた、たまごのかたちを今でも覚えている。エミュウのたまごのように大きくて、新幹線の座席のように青い、殻のぶ厚いたまごをうみたいのだと、わたしに明かしてくれた。その丸いかたちは、やけに無防備だった。

孵化コーポの仕事は楽しかった。オス、メスと書いたラベルシールをひたすらカブトムシの幼虫が暮らす菌糸瓶に貼る業務や、えびの水槽からふんをピンセットで取り除く業務、鳥のエサをお得に購入できるサイトを探す業務、など。店長は世界各国での昆虫採集に夢中で、あまり日本にいることもなかった。時たま、グループＬＩＮＥに貴重な蛾の画像が送られてくるが、ほとんど無視されていた。ノルマもなく、自分のペースで黙々と作業ができる環境は、わたしの性《しょう》に合っていた。

もともと、なにごともなあなあにするのが好きだ。だれかになにかを指示できるほど、自分に自信がない。それでも、少しでも長く孵化コーポが続いてほしいから、シフトを組んだり、注意したりも、がんばる。

「そよぎさん、産卵セット組むの手伝ってもらっていいですか」

「はい」

翌日の昼頃、今週から孵化コーポで働きはじめたそよぎさんと一緒に、ヘラクレスオオカブトの住んでいる101号室へ向かう。部屋のなかにはスチールラックが三列並んでいて、床から天井まで飼育ケースが所狭しと置かれている。ラックとラックの隙間のわずかなスペースにしゃがみ込み、作業をはじめる。

彼女は、はじめてわたしが採用を担当したバイトの一人だ。ヤマビに通う、工芸工業デザイン科の二年生。三年生になったら、ガラスを専攻したいと言っていた。

「ヘラヘラの産卵セット組むのはじめてですよね」

「ヘラヘラ？」

そよぎさんは首をかしげた。

「ヘラクレス・ヘラクレスのことです。ヘラクレスオオカブトにも、亜種がいるんですよ」

「亜種？」

首が、今度は左側に傾いた。

「スマトラトラとかベンガルトラとか、同じ種のトラなのに、住む場所によって色とか、もふもふ感とか、違うみたいなんです。そういう、地域差によってうまれる特徴に基づいた分類を亜種って呼ぶんです。ヘラクレスの亜種は十種類くらいいると言われていて、ヘラクレス・エクアトリアヌスは上翅《じょうし》に黒い斑点が出にくいから人気があるし、一番有名なのがこのヘラクレス・ヘラクレス。原亜種で、つまり一番最初にヘラクレスオオカブトとして見つかった種類。一番大きくなると言われていて、略してヘラヘラ」

早口になっていることに、途中から気がついてはいたものの、カチ、と歯車が重なり合って、ぐるんぐるんと言葉がとめどなく溢れてくる。そよぎさんは、時たま頷いてくれているけれど、それさえも視界に入らなくなっていく。

「今日はヘラヘラの産卵セットを組んでみようと思います。飼育ケースのなかに、メスが産卵をしやすい環境を整えていきます」

まずは飼育ケースに敷き詰めるマットの準備をはじめる。腐葉土やクヌギなどの樹木を粉砕したもので、幼虫や成虫など昆虫の成長に合わせて様々な種類が用意されている。ばくさん君、産卵1番、ふかふかマット。ばくさん、というのは、爆産と書く。

「ふかふかって、もしかして、孵化孵化ってことですか」

そよぎさんは、ふかふかマットの袋にハサミを入れながらわたしに訊いた。

「ああ、そうかも……」

どはどはとマットをトレーに移し、わずかに水を加えて混ぜる。虫によって好むマットの質が異なる。ヘラヘラは産卵時、水分量が少なく硬い土を好むのだと店長から教わった。硬い方が穴をつくりやすく、より多くのたまごをうむのだという。飼育ケースのなかにマットを敷き詰めると、ビニールを敷いて足で踏み固める。そのうえから、三センチほどの厚みにふわふわのマットを重ねたら完成だ。

「交尾をさせましょうか」

「はい」

「ハンドペアリングってわかります？」

「わからないです」

「交尾の方法には、大きく分けてふたつあるんです。ハンドペアリングは、こう、昆虫同士を人間の手で近づけたり、重ねたりして交尾させて、そばでじっと見守るってことをやるんです。もうひとつは、ケースに交尾させたいオスとメスを入れてそっとしておく同居ペアリングという方法があります。それだと、手間はかからないけど、確実に交尾しているかわからないし、たまにメス殺しが起きたりもするので、孵化コーポではハンドペアリングをすることが多いです」

へえ、とそよぎさんは言った。わたしはラックからふたつのケースを運んでくると、なかで暮らしているヘラヘラの背中を撫でた。

「十四日間ずっとゼリー食べていたから、この子はきっと成熟しているはず」

昆虫ゼリーのパッケージを剝く。メスの背中を摑んで、ちいさな切り株のうえに置く。ゼリーに夢中になっているメスの背に、成熟したオスを近づける。

「ゼリーがないとメスが逃げたりするから。一度逃げたメスは、もうこのオスとは交尾をしなくなります」

ひき、ひきと他者の気配を察知したメスは手脚をばたつかせる、オスは上翅に脚を引っ掛けて、それを押さえつける。メスはやがて抵抗をやめ、おとなしくなる。

「あっ……」

手脚と同じ色をしたペニス。それは、いつの間にかそこにある。めきめきと、メスの交接器にさしこまれる。

「すごい。なんで、わかるんだろう」

大型のカブトムシの交尾に、そよぎさんは圧倒されているようだった。

「このこたちは、たまごのときから、孵化コーポの虫かごのなかでずっとひとりだったじゃないですか。自分以外にいきものがいることなんて、今日まで知らなかったのに、もう交尾している。こういうのが、本能っていうんですかね」

大体三十分くらい、ふたりは交尾を続ける。かた、かた、と硬質な脚がケースに擦れる音が響く。

使用しなかったマットを片付けていると、いつの間にかペニスが消え、交尾が終わっていた。ふたりの性器の間を、赤く細い糸が引いている。

ふえるって美しい。

ざあざあと、河川敷で揺れる背の高いパンパスグラス、水族館の青い水槽のなかで揺れるタツノオトシゴ、ふわふわしていてひたむきなゲームのキャラクター。なにを見ても、そのふえかたを知りたい。放卵する魚、葉挿しでふえるサボテン、自分の断片から再生するプラナリア、わたしの知らないふえかたがきっと世界には隠されていて、でもふと、異性と性行為をすることでふえていく自分のことを思うと、目の前が真っ暗になる。ありとあらゆるふえかたがあって、どうしてわたしはこうなのか。ふえたいのに、ふえるための、なにもかもをしたくない。

次に流れ星を見たら、きっとこうお願いをする。すべてのいきものが、自分の好きなようにふえていけたらいいのに。

「人間は、孵化コーポと同じような環境にうまれたとして、セックスを知らないまま、セックスできるんですかね」

そよぎさんは言った。

「どうだろう。しないんじゃないかな。哺乳類は群れのなかで暮らすうちに、セックスの方法を学ぶらしいよ。だから、人間のセックスは本能じゃない。わたしたちはうまれつき、セックスの方法を知らないから」

交尾を終えたメスの背を摑み、産卵セットのうえに置く。オスは虫かごのなかに戻す。メスがマットに潜り込んだのを見届けてから、ケースのフタを閉めた。

「ここから二ヶ月くらい、メスは産卵をします」

「長いですね」

「うん。でも二週間くらいで、産卵セットからもともと暮らしていた虫かごに戻そうと思います。たまごは大体、二十個くらいあれば充分だし、メスは死ぬまでたまごをうみ続けてしまうから」

たまごをひとつうみ落とすたびに、交尾をするたびに、寿命が縮まること。そのことを、いつの間にか当たり前の現象として受け止めていた。そして、孵化コーポでうまれ育ったらセックスをしないであろうわたしは、昆虫とは別のいきものだと認識できているのに、セックスや出産をするたびに命が削られていく、殻が硬くわたしよりも腕の多いこの身体に、たまに自分自身を重ね合わせることがあった。

「うみさん。次はなにをすればいいですか」

「じゃあ、ここに累代《るいだい》ノートってやつがあるから、さっきの交尾の記録をここに残しておこう」

ラックの一角にブックスタンドが置かれていて、そのなかの一冊をそよぎさんに手渡した。机がないので、あぐらをかいたまま床にノートを広げる。

「わかりました」

そよぎさんはペンを持って、髪を耳にかけた。耳たぶには穴がふたつ空いていて、その片方には石が埋まっていた。累代ノートに綴られている記号の意味をひとつひとつ説明すると、そよぎさんに続きを書くように促す。

「うみさんは、卒業後のことっていつぐらいから考えはじめましたか？」

ぽつり、とそよぎさんはつぶやいた。

「いま、二年生になったばかりで。どうしようかなって」

「就活するか、しないかって感じ？」

「それもあるし、大学で学んだことを活《い》かせる職場にするか、まったく関係のない職場にするか、悩んでいます。平日はふつうに働いて、土日に自分の好きなものを自分のペースで制作するくらいが幸せなのか、それとも、人生をすべてガラスに捧げるのか……。それは、大好きなガラスで、大好きじゃないものをつくる可能性があるってことです。ガラスで生きて

いくとして、考えたんですけど、小樽とか観光地にあるガラス工房がいいなって思っていま
す。お土産でよくある、ガラスでできたイノシシとかドラゴンとかをつくる仕事がいいなっ
て。子どもの頃、旅行のお土産に買ってもらって、いまでも大切にしているんです」
「二年生でそこまで考えてるってすごいよ。わたしなんて、将来のこととか考える前に気が
ついたら卒業しちゃった。卒業しちゃったから、考えるしかなかった。でも、なんとかなっ
ているよ、案外」
そう、なんとかなっている。展示の予定もいまのところ途切れていないし、作品もぽつぽ
つと売れている。でも、一度立ち止まったら美術との永遠の別れがやってくる。そんな気が
してならない。
「アーティスト活動しているヤマビの同級生と一緒に住んでて、それも大きかった。相手が
どんどんつくるタイプだから、家のなかが川みたい、常にさらさら流れ続けていて」
へー、とそよぎさんは大きな声を出した。
「作品をつくり続けるのって、環境も大事ですよね。アートがうまれやすい環境ってあるじ
ゃないですか。ガラスとか陶芸とか続けたかったら物理的にまず工房が必要だし、うみさん
みたいに、卒業後も近くに制作をしている仲間がいるのって、すごく羨ましいです」
そよぎさんはゆっくり目を細めた。その瞳には、すりガラスのように粒子がまぶされたき

れいさがあった。そよそよ、と草花の間を吹き抜ける風のようなあだ名で呼びたかった。累代ノートには、この孵化コーポで行われたすべての交尾の記録が残されている。この部屋にはコバエが飛んでいる。黄ばんだ扇風機にはカバーが掛けられていて、中央でひび割れたあざらしが笑っている。

〈バイト終わった〉

〈おつかれさま〉

〈なんか必要なものある?〉

〈綿がなくなりそう。ふわむむ用〉

おっけー、とむむスタンプを押す。数秒後にありがとう、とむむスタンプが返ってくる。たこむむが、たこ墨でありがとう、と表現しているスタンプだ。かわいい。でも、どうして人間の言葉がわからないのに、むむはありがとう、と人間の言葉で書き表すことができるのか。わからない。あまりにも人間に都合が良すぎる。でもかわいいからどうだっていい。いや違う。そうじゃない。これはただの背景なのだ。その前に、たこむむは立っているだけだ。

今度は動くスタンプをつくろう、と思いながらペダルを漕ぐ。国分寺の駅ビルにあるユザワヤに立ち寄り、綿を購入する。かごに入れてまた漕ぐ。三十分ほど走らせた先に、わたしたちの住む家がある。

「ただいまー」

後ろ手でチェーンを掛けると、こたつから、みみの頭だけがひょっこりと出ていた。机のうえには、むむがいた。みみも、むむも、寝息をたてている。わたしにはそう思える。

「みみ、メイク落としてから寝なよ」

「やだ」

まぶたのうえのきらきら、風のきらきらと、川のきらきらは、すべて同じ光から生まれていた。春鍋をしようと思っていたのに、みみはそのまま寝てしまった。歯も磨かなかった。

はじめてみみのことを描いたのは、いまから二年前のことだった。
人物
とアトリエのホワイトボードにそれだけが書いてあった。真っ白な小部屋のなかで、背もたれのない丸イスに座った二十人ほどの学生が、教授の言葉に耳を傾けている。この授業を受けるのは二回目だった。必修だったのに、三年生の頃、わたしはあっけなく単位を落とした。周囲は下級生ばかりで、わたしは四年生に仮進級しているという身分だった。
「課題は人物ですが、だれでもいいわけではありません。さっき引いてもらったくじに数字が書いてありますが、それと同じ数字の人物が、今回の課題になります」

教室に入る際、白い箱に入っていた紙を一枚引いた。手のひらに、手書きの「3」の文字がのっている。

「ちなみに自画像は禁止です」

「この授業は、必修だから。落としたらおしまいだから。もう一蓮托生《いちれんたくしょう》だと思って、相手がどれだけだらしなくても、むりやり手を引っ張って、相手がどれだけ速く突っ切っていこうとも、手を離さないで、そのひとのことを、ただ描いてください」

その、もうひとりの「3」がみみだった。

「能見《のうみ》うみです。よろしくお願いします」

「志田《しだ》みみです。お願いします」

お互いにぺこりと頭をさげて、同級生なのにわかりやすくよそよそしくておかしかった。顔をあげたみみの頬を、すみれ色の髪がさらりと撫でる。長い髪は胸元に向かってうねりながら、へそに近づくにつれて毛量が少なくなっていくので、それは絵筆のような、野を駆けるしっぽだった。

みみがどんなひとなのかを知るよりも先に、作品のことを知っていた。一年生の頃、いるかのぬいぐるみが孵化するまでの様子をコマ撮りアニメで撮影した《いるかの夢》という作品は、Twitterで何十万回も拡散された。まとめサイトに転載され、朝のニュース番組で紹介されたこともあった。名の知れたアーティストや批評家にもリツイートされるなど、いわゆる美術界隈でも注目を集めていた。やわらかないるかの背びれにスリットが入り、蛹《さなぎ》が羽《う》化《か》するかのように、蝶々の翅が生えてくる。そのあまりに精巧なつくりに、なかば打ちのめされた。

これは沿海を泳ぐ群れのなかの、とある一匹のいるかが虫になるのではなく、水族館で売られているただのぬいぐるみが強制的に生命を孕《はら》まされるという、そういう風にわたしは解釈した。そのシーンを思い出すと、夜、ベッドのなかで漠然とおそいかかる不安や苦しみはなぜか紛れた。

みみのTwitterのフォロワーは五千人ほどで、わたしの約十倍だ。二年生の終わりに行われた進級展のあと、わたしの作品を見てくれたのかフォローバックされていた。

みみがいいねを押してくれたツイートのほとんどを覚えていた。〈今日なんか秋だった〉〈コンビニからサクレの梨が消えてた〉とか、なんとなくだれかに見てほしいつぶやきばかりだった。身体を介して会話をするよりも、ずっとインターネット上でいいねを押し合っていたかった。

「外行こうよ」

「うん」

わたしたちはスケッチブックを持ってアトリエを出た。鉛筆の削りカスを漬物にしたようなにおいが消え、代わりにまっさらな土のにおいが鼻腔《びこう》をついた。図書館の裏にある、アスファルトをくり抜くようにつくられたあひる池のベンチに座る。爪先のすぐそばに水面があって、目を奥にやると倉庫と倉庫の間隙《かんげき》に背の低い三角屋根の檻があった。あひると、青と茶のくじゃくのつがいが羽を閉じたまま歩いている。

「くじゃくって、日本画のひとたちが世話してるみたいだね」

「へー。うらやましい。くじゃくかわいい」

「だよね」

みみは、手に持ったクレパスをくるりと手元で回した。くじゃく、とみみはつぶやくので、わたしはフフと笑った。するとみみは怪訝そうにこちらを見た。独り言を無視することもどことなく居心地が悪かったので、なにかしらリアクションを取っておきたかったのだけれど、うまくやることができなかったみたいだ。でも、それと同時に緊張がほどけたような気がした。ただ、そこにいることを許されているみたいで。

「みみも去年、単位落としたの?」

「うん。去年はだれのことも描きたくなかったし、だれにも描かれたくなかった」

「そういうときってあるよね」

絵に対するモチベーションの話だと思って、何気なくそう相槌を打った。

「そういうとき、か。だとしたら、わたしはうまれたときから、そこにいることを、できれば忘れてほしいんだろうな」

人工池の凪《な》いだ水面を見つめながら、みみはそうささやいた。

「どういうこと？」

「あー。ごめん。急にこんなこと言って」

みみは髪の毛を右耳にかけると、そのうえを爪でかきむしりながら往復した。それは傷つき、ざらついた表面を修復しているように見えた。

「ううん。よかったら、話して」

思いつめたように、みみはざりざりと肌をかきむしる手を止めた。しばらくの沈黙の後、ちいさく息を吸う音が聞こえた。

「絵に描くことほど、その存在を肯定することってないと思うから。ただの色の集まりが、実在する人物に見えるようになるって、途方もない存在への祈りだと思う。わたしは、それが恐ろしい。だって、うみは怖くないの？　わたしに身体を描かれること」

みみはわたしの瞳を見た、紫色の瞳のなかにわたしはいた。みみに見つめられると、わたしはすべてを見透かされているみたいで、それでいて、怯えたみみの奥底をどこまでも覗き込むことができるみたいで、苦しかった。

「怖いよ。わたしも、昔からひとを描くのが苦手だった。絵を描くことも、描かれることも、そのひとと重なるみたいで、恐ろしくて」

重なる、とみみはつぶやいた。

「でも、それはきっと喜びもあるんだろうね。身体がただの器じゃなくて、光の粒になっていくような、絵を描くことでだけ、さわれる部分があって。怖いけど、それと同じくらい、うみはどんなわたしを描くんだろうって見てみたい」

檻のなかで、見せつけるようにくじゃくが羽を広げた。たくさんの瞳に似た模様がこちらをぎょろりと見ていた。わたしも、とみみは目を伏せながらつぶやいた。

「うみ」

名前を呼ばれたので顔をあげた。みみの目がすぐそばにあった。枯れた草木に似たにおいがした。それはおくれ毛のあたりから強く香った。近くで見るとみみは、思ったよりも小柄だった。首が長くて、かすかに膨らんだ喉の、その淡い場所にシミが浮かんでいた。ファンデの落ちた小鼻がくすんでいた、マスカラの粉がぱらぱらと頬のうえに散らばっていた。

「うみのこと、描いてもいい」

「うん」

「わたしもみみのこと、描いてもいいかな」

「うん、いいよ」

わたしも同じように頷いた。わたしは、ふーっと大きく息を吐いた。手に持っていたスケッチブックをめくると、見覚えのある横顔が出てきた。小柳《こやなぎ》くんだ。去年の、この授業におけるわたしのパートナー。クレパスで描かれた小柳くんのおでこのすぐ側に「9」というくじの紙がのりで貼り付けられている。それを手でなぞる。小柳くんには悪いことをした。同じ番号のくじを引いたのに、結局一度しか授業に出席しなかった。

くじびきで、簡単なつながいにされたわたしたちは、同じように池のベンチに座って、なんとなく会話をしながら互いの姿をデッサンしはじめたけれど、次第に小柳くんの身体のかたちではなく、わたしの頬に浮かんだふきでものや、指に生えた産毛の濃さばかりがありありと浮かんでくるような気がした。わけもなく顔が赤くなって、毛穴から吹き出す汗が止まらない。絵を描こうとするときだけ、にんげんはすなおに光る。透明なガラスのようになって、わたしの身体だけが反射している。

朝に鳴るアラームに気がつかなかったふりをして、昼過ぎ、もう間に合わない時間になると安心した。顔を洗うとせっけん水が口のなかに広がって、その苦さを紛らわすように、家でカップ麺を食べてから大学へ行った。ただ、同じ三年生の頃、ドローイングの授業で、はじめて男性のヌードモデルを目の前にしたとき、心はやけに落ち着いていた。そのひとの性格や口癖、使っているかばん、生活を知らない裸体と向き合うとき、それは植物や動物を描くときとまるで同じ感覚で、だとしたら植物や動物と身体を重ねることは心地よいのかもしれなかった。かれがつけている青いカラーコンタクトのことばかり見ていた。

ページをめくり、まっさらな紙面にクレパスの先を置いた。

くしゃみをしたみみが、ベンチの下においていたナイキのリュックを持ち上げる。ティッシュを探す仕草でポケットをまさぐると、膝のうえにミュウツーがころんと現れた。

「ポケモン好きなの？」

「わたし、ミュウツーだから」

みみは言った。歯茎からにょきと生えた八重歯が見えた。悩んだ末にわたしは「うん」と頷いた。

みみは膝のうえのミュウツーを摑むと、わたしに向けた。毛足の短いソフトボア製の、足としっぽがとりわけむちむちとした十三センチほどのボールチェーンのついたぬいぐるみで、プラスチックの目に紫色の光彩がプリントされている。それは、みみの髪の色とよく似ていた。

「だれがうめと頼んだ、だれがつくってくれと願った。わたしはわたしをうんだすべてをうらむ」

膝のうえでミュウツーは左右に揺れた。刺繡糸の口は動いていなかったけれど、わたしに向けて喋っていることはよくわかった。そのセリフは、聞き覚えがあった。

「小学二年生くらいのとき。ままの膝のうえで、ミュウツーの逆襲っていうポケモンの映画を見た。それで、ミュウツーはさっきと同じことというの。その日から、わたしをうんだすべて、についてわたしはよく考える」

ミュウツーはいつの間にか宙に浮かんでいた。小さくて鋭い眼光は怒りに満ち満ちていた。ミュウツーは強いんだ。伝説のポケモンだから。たしかはかいこうせん、とかで街を燃やすんだ。

「人間はどうして人間をうむのか、ずっと不思議なの」

「それは、どういう不思議さ?」

みみはミュウツーを動かしながら喋るので、どちらと会話しているのかよくわからなかった。

「ひとがひとをうむことを多くのひとが不思議に思わないように、わたしにはそれが不思議で仕方ないの」

「不思議なだけ?」

目の前を、背中から翅の生えたいるかが跳ねた。みみの言葉と作品が結びついた気がして、思わずそう尋ねていた。《いるかの夢》をはじめとする作品群には、どれも生殖というテーマが通底していて、そこには不思議という言葉では片付けられない青い炎が燃えているように思えた。

「どうだろう。悲しいのかもしれない」

みみは、鼻の先をこすった。

「人間は、食べたり、踊ったり、笑ったり、絵を描いたり、いろいろ、悲しいことをするけど。ひとがひとをうむってことが、人間のすることのなかで一番、悲しいことだと思う」

みみは言った。

「悲しいっていうのは、たとえば、知り合いとか、仲のいいひとが子どもをもうけたとして、それをみみは祝福しないってこと?」

そう訊くと、みみはすぐさま頷いた。

「うん。それが昔から不思議だった。だれかの望みが叶うことは祝福すべきだけど、人間がうまれることをどう喜んだらいいのかわからない。小学一年生の頃、担任の先生が突然、おなかのなかに赤ちゃんがいます、と言って、だれかが拍手をしたけど、わたしはどうすればいいのかよくわからなかった。先生と会えなくなってしまう悲しさの内側に、人間が人間をうみ続けるという営みへの物悲しさがぼんやりと発光していて、ひとはどうしてこんなことをしないといけないんだろう、どうして望んでもいないのにここにいるんだろうって、ただ先生の目だけをみていた」

そういえばわたしも、中学生の頃、先生に向かって拍手をした。英語の先生で、わたしはどちらかというと、セックスのほうに気を取られていた。その時は、妊娠ってすべて性行為の末に起こるものだと思っていたから、だれかの前ではだかになって、唇で互いの尖ったところを撫でて、なにもかも黙っているわけにもいかないだろうから、ああ、とか、うう、とか、声を出して、毛の生えた性器を性器のなかに埋めて、シーツのうえをゆらゆらと揺れている――知らない言葉の意味を教えてくれる先生の身体に、そういう時間があることが信じられなかった。

ただ、わたしは自然と拍手をしていた。だって、ポケモンが、たまごっちが、たまごをうんだときはすごくうれしかった。好きなものがふえていくこと、また一緒に遊べること、明日がずっと続いていくこと……。

「悲しい、か……」

思わずそう口からこぼれた。ぬいぐるみのミュウツーの目が、みみの目のように見えた。プラスチックのくせに、わたしを責めているようにも、涙をこらえて泥濘《ぬかる》んでいるようにも思えた。

「わたし、孵化コーポでバイトしてるんだ」

なにそれ、とみみは言った。わたしはなぜか、そのことを言わないといけない気がした。ミュウツーも、みみの膝のうえでわたしの言葉を待っている。

「孵化できるものなら、なんだって孵化するバイト。虫とか、魚とか、鳥とか、えびとか、貝とか、ポケモンとか。いきものが好きな人が集まってるんだ、そのいきもののことを知りたいから、たまごのときから死ぬまでを、ずっと見届けている。何度も繰り返している」

へえ、と言いながらみみはスケッチブックの黒いリングの部分をぎゅっと握った。ラメ入りの爪に日差しが反射する、五つある湖はどれもすべて爪のかたちに囲われて澄んだ水を湛えていた。

「ていうか、住んでるから、わたし」

みみは目を丸くしてわたしを見た。

「この話、いやだった？」

恐る恐るわたしはみみに尋ねた。

「ううん、別に。どうだっていい」

内側に折り曲げた爪を撫でる、春にだけ吹く日光で膨らんだ風が、わたしと、みみと、ミユウツーの間を通り過ぎた。身体が透き通っていくような感覚に、なにかが急《せ》き立てられる。

「わたしはいつか子どもをうむんだって、疑ったことがなかった。人生ってそういうものだと思ってた。そこには幸せだけじゃなくて、悲しいこともあるんだと、わかったうえでそうしたかった。そうしないと、わたしが不幸になるから」

気がついたら、そう口からこぼれていた。やわらかな圧力と、硬く澄みきった願望が、わたしをまっすぐ貫いている。

「うまなくていいよ、うみ。わたしもうまないから」

みみはミュウツーを握りしめると、静かにそう言った。


小学生の頃、お姉ちゃんがほしい、とままにねだった。妹でもいい、と言ったけど、困ったように笑いながら、うみちゃんが一番大切だから、とぎゅってされた。なんとなく不満だった。本当は、わたしのことをもうひとりうんでほしかった。双子になりたかった。言葉にしなくとも、なにもかも通じ合うことができて、絶対にわたしをひとりにしないだれかがほしい……。それが、はじめて子どもを望んだ瞬間。ままが年を重ねて、子どもを望むっていうことは、自分がうむっていうことにすり替わっていた。そのことに気がつかないまま、ほしいほしいという無邪気さだけが、心の奥底に残っていた。

子どもの頃、手に入らなかったものに一生執着するって本当なのかな。本当だったら、わたしは一生、自分の分身を手に入れたいと、執着することになる。

翌日、みみの丸い額をスケッチブックに描き写しながら、わたしはみみを誘った。

「みみも、孵化コーポおいでよ。ポケモン好きなひとばっかりだよ。対戦しようよ」

「うみと、ふたりきりならいいけど」

みみは、パレットのうえでぱたぱたと魚の尾ひれのように筆を動かしている。チューブから出したばかりの、黄色い油を含んだカーマインやビリジアンが混ざり合い、だんだんと灰色に近づいていく。

「じゃあ、木曜とかどう？　ちょうどワンオペの日だから」

「うん。いいよ」

木曜日の四限終わり、裏門で待ち合わせをした。雲の多い空の下、赤い帽子をかぶった警備員がしっぽの短い猫を撫でている。「おまたせ」と四時十五分に裏門に現れたみみは、今日もジャージを着ていた。午前中に着ていた丈の長い紺色のジャージは絵の具で汚れてしまったようで、いまは膝丈のハーフパンツに穿き替えている。薄紫色の髪の毛を今日はみつあみにしていた。お花のかたちのヘアピンが、左右の耳のうえにぷすぷすと刺さっている。

「孵化コーポは、ここから歩いて五分くらいのとこにあるんだ」

「へえ。近いね」

裏門のすぐそばにある材木屋やバス停を通り過ぎると、田畑が広がっていて、たまに人間が住むための家とキャベツが育つための区画がある。大きな道路に出て右に曲がる、車、動物病院、コインランドリー、薄べったくてでかい店舗型のダイソー。歩道に沿って並んだダイソーの窓に、フルーチェの広告が貼ってある。A4のコピー用紙を四枚貼り合わせた手づくりのもので、もともとのプリンターの性能が低いのか、長いことそこにいて日に焼けてしまったのか、色褪せて、イチゴもブドウもほとんど同じ色合いになっていた。

「フルーチェの広告だ」

みみはイチゴかブドウかよくわからない果実を指差した。わたしにとっては見慣れた光景だったが、たしかに、このダイソー以外で、フルーチェを押し出しているダイソーを見たことがない。

「フルーチェって食べたことある？」

「うん。むかしままが作ってくれた」

ぬるいフルーチェの味を思い出す。水垢のついたガラスの器、あれはだれの家だったろう。ブルーレットの青い水、タイル、サラサーティ、ミルクの香り、ぷ、と弾力のある表面。それらがやけに気味悪かったことだけ覚えている。

「ままはやさしいんだよ」

「へえ」

意外、と口から出そうになった。それは昨日見た、ミュウツーの逆襲の影響かもしれなかった。みみの腰骨のあたりで、リュックからぶら下げられたミュウツーが揺れている。それがジャージにぶつかって、ぽよんと跳ねる。かわいい。みみの相棒のミュウツーは、特別かわいく見える。でも、それを言ったら怒るだろうな。戦うためだけに人工的にうみだされたことへの怒りがあるのに、こんなふうに、ぬいぐるみのやわらかいむうむうの身体にされて、人間の手で縫い上げられて、大量生産をされてしまって、憎いだろうな人間が。わたしだったら、やりきれない。

「みみは、ぱぱとかままのこと、うらんでないの?」

「うん。わたしは、ままとかぱぱのことは、うらんでいない。ふたりにはきっと責任がないから。人間が地球上に現れたのも、人間にふえる能力があるのも、ぱぱとままのせいじゃない。わたしをうんだすべて、じゃない」

「じゃあ、宇宙をうらんでいるの」

「そうなのかもしれない。タイムマシンがあったら、人間がうまれてこないように、太陽を壊してあげたい」

「やさしいんだね」

目の前をトラックが横切った。冷凍されたサーモンを積み込んでいた。それを目で追いながら角を曲がると、孵化コーポにたどり着いていた。リュックに入れた鍵を探していると、

「なんか、かびた食パンみたい」

ぽつり、とみみがつぶやいた。孵化コーポの外壁はたまごサラダ色のペンキで塗装されていて、そのせいで苔が目立った。たしかに、建物そのものが一斤のかびた食パンのようにも見える。

「大丈夫だから。急に崩壊したりしないから」

そう言うしかなかった。すりガラスの扉をスライドさせ、みみを招き入れると、靴箱から孵化スリッパを取り出した。公民館でよく見るようなつやつやのスリッパ。グリーンの本体に、金色で〈孵化〉とプリントがされている。

「ふかふかだね」

「かちかちだけど」

かかとの皮膚のように薄くて硬いスリッパをぱたぱたいわせながら廊下を歩いた。

「ふかふかだよ」

「うん、ふかふかだ」

リビングのソファで麦茶を飲みながらポケモン対戦をしたけど、みみの手持ちの三体が全部ミュウツーでつまんなかった。ハッサムのシザークロスで、みんなすぐにひんしになった。みみは悔しそうで、それが信じられなかった。

みみは机のうえにゲーム機を置くとまた伸びをした。ソファにかけられたレースのカバーが、ぷちぷちとふくらはぎに食い込む。わたしは、ふと気になっていたことをみみに尋ねた。

「みみは、なんで絵を描いているの？」

「人間じゃなくなりたいから」

みみは天井を見つめたまま、ぽつりと言った。

「アーティストになりたくて、だから作品をつくっているんだと思う。存在したくないという存在が、存在したくないという作品を存在させる。そういう矛盾を美術だけが受け入れてくれるんじゃないかと信じてる」

こちこち、と古い時計の針が音を立てる。

「むしろ、うみはどうして絵を描いているの？」

みみはソファにもたれたまま、視線だけこちらに向けた。

「わたしは、どちらかというと、人間になりたかった。わたしには、絵しかなかった。学校の休み時間、ほとんど寝たふりして過ごしてた。みんながふつうにできていることがなにひとつとして、できなくて。輪のなかにいつも入れない、透明で、そこにいてもいなくてもどうだっていいみたい。友達もいないし、勉強も運動も苦しいだけだし。でも、絵を描いているると、どうでもよくなってくる。呼吸がしやすくて、世界から存在を許されているみたいな、それでいて見放されているみたいな感じが、心地よくて。絵で描くと、言葉で伝えるよりも曖昧なのに、ちゃんと、きちんと、伝わっているような気がするから」

「そっか。うみは人間になりたいんだ」

そうささやくみみの声は、なぜか少しやさしかった。

「アーティストになりたいってことは、みみは院とかいくの」

わたしは空《から》になったふたつのグラスに麦茶を注ぐ。

「ううん。ままからこれ以上お金出せないって言われて。バイトもして、課題もこなして、何百万って奨学金をかかえながら作家活動をするっていう生活がイメージできなかった。だから、パン工場のバイトを続けながらやっていこうと思う。うみは？」

「わたしは、とにかく絵を描き続けていたいな。いま考えているのはそれくらい」

口にするのがためらわれるほど、わたしの答えはぼんやりとしていた。

「うん。わたし、うみにはずっと描き続けてほしい」

みみは、祈るようにそう言った。

ゲーム機を置くと、まずは一階から孵化コーポを案内することにした。101号室〜103号室はカブトムシ、104号室はクワガタ、105号室は昆虫。そして106号室は爬虫類と両生類が住んでいる。なかでも、わたしが熱心に世話をしているのが105号室だ。扉には〈むし〉というプレートがかかっているけど、ほとんど蝶のための部屋になっている。

室内には、羽化器、と呼ばれるネット製の虫かごがぽつぽつ置かれていて、そのうすやわらかな囲いのなかを、様々な色の翅を持つ蝶々が飛んでいる。脱走したいもむしが、二、三匹、窓枠や柱で蛹になっている。そのうちの一匹は、既に黒くなりはじめている。羽化が近い。

「何匹くらいいるの」

「うーん。五十くらいかな」

わたしはしゃがみこんで羽化器のファスナーを開き、そのなかに腕を差し込んだ。一匹の蝶々が人差し指に乗り移る。

「火曜日にうまれたのが火《ひ》の粉《こ》で、金曜日にうまれたのが金粉《きんぷん》。明日、この子たちを交尾させるんだ。ハンドペアリングで」

「許嫁《いいなずけ》だね」

「わたしがたまごから育てたんだ。兄妹の蝶々」

わたしはこのルリタテハという名の蝶々を育てたくて、一昨年からせっせとサンキライの種を蒔いておいたのだ。蝶々のなかには、特定の植物しか食べない種も存在する。そうなると、食糧となる植物の種や苗を取り寄せるところからはじまり、一年以上をかけて、ようやくかれらを迎える準備が整う。

「へえ、きれい」

この兄妹が、交尾するところを見てみたい、ふたりのたまごも、子どもも見てみたい。とりわけ黒く澄んだ翅をもつふたりの間には、さらに澄んだ翅の子どもがうまれるかもしれない。そのことを思うと、透明な怒濤《どとう》が胸に押し寄せるのだった。

「二階も案内するね」

リビングの奥にある階段を上る。二階には、主に魚類が暮らしていて、一番奥の206号室にはインコのピピが一羽で暮らしている。〈貝〉と〈えび〉に挟まれた場所にわたしの暮らす〈うみ〉の部屋がある。みみはドアの扉にかかったそのプレートを、そっと指でなぞった。

「海?」

「うん。うみ」

「うみって、たまごうむの?」

みみはわたしの目を見た。その問いは、この地球上に青く揺蕩《たゆた》うものではなく、わたしの身体に投げかけられているように思った。

「どうだろう」

「うみは、卵生だから、ここに住んでいるんだと思った」

「ううん。わたしはたぶん、胎生だから、たまごうめないよ」

そう言うと、みみはなぜか寂しそうな目をした。

講評の日のことを思い返してみても、みみがどんな風にわたしの姿を描いたのか、ほとんど思い出せなかった。それを思い浮かべようとすると、潮の香りが満ちていって、なかなか像を結ばない。

「なんだかお互いによく似ているね」

絵とわたしたちとを見比べながら、教授ははっきりとそう言った。

「でも、よく描けてるんじゃないですか」

わたしの描いたみみが、わたし自身に似ていることは、描いているときから思っていた。改めて指摘されると、客観性が無いと言われているようで、どことなく恥ずかしい。

「あ、四年生同士なのか」

じゃあ上手いわけだ、なんだ褒めちゃったよ。教授は冗談を言った、ということを念押しするようにひげを撫でている。それにつられてわたしは笑っていたが、みみは唇をきゅうと結んだままそこに立っていた。

「ふたりの間に娘がうまれたらこんな感じかもしれないですね」

そう言ったのは、教務補助の美郷《みさと》さんだった。鎖骨の見えるタイトな黒いトップスは彼女によく似合っていた。教授たちは和《なご》やかに頷いた。わたしはほんの一瞬、わたしとみみの娘のことを思った。真っ暗な星空のうえを、三人、手をつなぎながら飛んでいた。

「へんなの」

みみのささやく声が耳を撫でた。みみが、ミュウツーをぎゅっと握るので、それは当然潰れた。性器のないつるりとした身体は手のひらのかたちにしぼみ、またはりを取り戻した。

いたい、とかすれた音で目が覚めた。ユザワヤで綿を買って帰ってきたあと、わたしもこたつで眠ってしまっていたようだった。時計を見ると早朝の五時半を回っている。こたつで暖を取りながら、みみがちくちくとむむのおなかをかがっている。その針が、みみの指に刺さったみたいだ。

今日は四月十五日。毎月十五日の夜十九時に、ウェブストアにむむぬいを出品することにしている。写真撮影や、手続きなども含めると、もうほとんど時間がない。

「みみ、ごめん。寝坊した」

「ううん。大丈夫」

みみは怒らない。叱ってほしいと思うのはわたしのわがままだ。わたしが約束を守れなかったとき、みみがなにを感じているのか、わたしには教えてくれない。やさしいのか、わたしに興味がないのか、信用されていないのか、よくわからない。歯の裏側から湧き出るさらさらとした唾液で、口のなかのチーズみたいなもったりとした感じを押し流す。わたしは黙ったまま、裏返ったむむのなかに綿を詰めていく。

「綿、買ってきてくれてありがとう」

忘れないうちに、ちいさなプラスチック製のチェストのなかにユザワヤのレシートを入れる。引き出しには〈うみ〉と〈みみ〉とテプラが貼ってあって、もちろん〈うみ〉のほうへ。共有で使うものは、月末に精算をするルールになっている。

「人間のにおいを消したい」

むむをこの世に届けると決めた日、みみはそう言った。はじめから、わたしたちは工場になるつもりはなかった。むむとの暮らしをSNSにUPしているうちに、一緒に暮らしたい、お出かけしたい、という声が届くようになった。いままでこつこつと作り続けていたむむたちも、ずっとわたしたちのそばで群生しているよりも、新しい暮らしをはじめたほうが良いはずだとふたりで決めたのだった。

むむは、幅広く分布しているべきだ。

むむが売れた利益は、また次のむむをうみだすための資金になる。ぬいぐるみの画像にひとことメッセージを添えたむむのＬＩＮＥスタンプは、ＳＮＳを中心にじわじわと人気が広がっていった。Ｔシャツやステッカーなども月に何十枚か、売れる。

むむぬいは毎月十五日に販売する。Twitter と Instagram は週に三回必ず更新をする。ルールを決めることで、人間のにおいはまた少し薄くなる。わたしたちは、すべての人間をやさしく包み込む工場になる。

「むむ、すごいねえきみは」

うまれたてのむむを撫でた。ここから旅に出るのだ。むむは、たんぽぽみたいに笑う。土から水を吸うみたいに、すくすくと笑う。

「釣りさせたいなぁ。釣りむむつくろうよ」

「うん。あと、赤ちゃんむむもつくってみたいな。毛足の長い生地を使って、もふもふのやつ」

「この子たちがおどっていたらかわいくない？」

どんどん口からアイデアが飛び出してくる。この時間が楽しい。

「コマ撮りアニメだったらできそう」

「今度の休み、やってみようよ」

むむ。アニメになっても、ゲームになっても、きっとむむはかわいいだろう。たまごっち、みたいなシステムで、たまごではなく山のかたちの筐体《きょうたい》がいい。手のひらにころんと収まって、貝殻のように光る、窓のようなモニターで、ミロを与えることができる。どうやって生殖させようか、と考えながら脇の下に針を入れる。

「むむって、どうやってふえていくのかな」

むむは山からうまれてくるけれど、むむ自体にも生殖能力があるのか、まだ話し合いをしたことがなかった。

「むむは、なにもうまないよ」

「むむは、交尾はしないけど、生殖はするんじゃないかな」

「むむは、むむをうまないよ」

みみは、わたしの意見を撥《は》ね付けるように言った。

「……そうかな」

むむは人間じゃないからいいじゃん、と言おうとして、やめた。

山のかたちの針山に銀色の針を戻し、寝転がる。天井に貼られたクロスは、継ぎ目がはっきりと浮かび上がり、水ぶくれのように細長く空気が入っている。わたしも、みみも、たぶん貯金はほとんどできていない。制作時間を確保したいから、孵化コーポでの仕事も最低限にしている。正社員をしている同級生が何十万もボーナスとかもらっているのをみると、わあとなる。これわたしが携わったよ、なんて駅ビルに飾ってあるポスターとか指差されると、めまいがする。

わたしは、ただ、いまの生活がずっと続いたらいいと思っている。十年先のことも、もっと先のことも、想像がつかない。布団に入ったら溶けるように明日がきて、たまに散歩をして、お気に入りのシャツを洗濯して、鍋を食べて、大きすぎる猫をみつけたり、互いの肩凝りのあまりの硬さに喜んだり、そういう些細なことで笑いながら、ずっと絵を描き続けていたい。みみの言う、人間を愛さないって、きっと、そういう穏やかさのことだろう。人間の規定する幸せを塗り潰すように、ただの暮らしが延々と続いていく。だけどわたしは、ときどきふえてしまいたい。それは、みみと生活をともにするほど、人間ではなく山であることの喜びを感じるほど、湧き上がってくるのだった。衝動、とはまた違う。体内に少しずつ水が落ちていくように、わたしはふえたいという欲望を認識する。

「おなか減った」

本当は、一昨日スーパーで買っておいたコロッケをレンチンして食べてしまいたい。でも、むむを汚してしまいそうで怖いので、冷蔵庫からパウチされたゼリーを取り出し口に含む。

みみもゼリー吸う？　と聞いてみたけれど、いらないと言われた。みみは制作中、ほとんど食事を摂《と》らない。たしかに、食後になると集中力がどろりと溶けていく。

「そうだ」

みみは上体を起こすと、水色のポスカを持ってカレンダーをめくった。十月のカレンダー、10という文字を、星マークで囲う。

「なにそれ」

「展示の初日」

みみの表情は見えなかったが、頬がぷくっと盛りあがっていて、微笑んでいるのだとわかった。

「え、あのグループ展、正式に決まったんだ」

「十月十日からだから、あと半年しかないけど」

「すごいよ、みみ」

「うん、がんばる」

みみはうれしそうにペンを回した。いままでで、一番大きな規模の展示だった。わたしは水色のむむのつむじから、オーロラに光る糸を縫い止めた。噴水によく似たむむだ。祝福のかたちをしている。

みみは一枚の絵の前で立ち止まった。

薄紫の髪の毛に、薄紫のジャージ姿はよく目立った。これはミュウツーだから、とみみは言った。みみは、伝説のポケモンで、ステータスに性別が表示されなくて、たまごをうまない。だけどそのことをみんなは知らない。

「触れたいって思ったから。もしくは触れたくないと思ったから、人間は絵を描くんだね」

「うん」

「キャンバスに、絵の具が、筆が触れること。なにかがなにかに触れることの素晴らしさを感じたから、みんな絵を描くんだと思う。だれにどう触れたいのか、みんな悩んでる。わたしも、きっと、うみも」

銀座のギャラリーを出ると、空は紺色に染まっていた。背の高いビルの群れ、吸って吐いてを繰り返すように屋上のランプが赤く瞬く。みみはまた鼻を撫でた。

「遠くに行きたいね。地球には人間がたくさんいていやになる」

「遠くって、たとえば水星とか？」

人々が行き交う交差点で、わたしはみみに尋ねた。

「水星にも、美術館ってあるのかな」

「どうだろう」

「わたしがもし水星人で、地球人よりももっと高度な存在で、使命感で地球を侵略しようとして、もし最初に降り立った場所が美術館だったら、わたしはたぶん、そこではじめて泣いてしまうんだと思う。悔しくて地球を破壊するか、美術館だけをくりぬいて水星に持って帰る」

「わあ、わるいやつだ」

そう言うと、あはは、と大きく口を開けてみみは笑った。

「わたしは、フィンランドに行ってみたい」

「どうして?」

「オーロラが見てみたい」

「オーロラか」

空を見上げた。手が届きそうなところに、翼のある飛行機が浮かんでいた。

「うみの絵、すごくよかった。あの、油絵の具を薄く塗り重ねた、葉っぱが好き。きれいで、ちょっとさみしくて」

「ありがとう」

今回の展示のために描き下ろした作品には《理想》というタイトルをつけた。ガラスや水たまりに反射した植物を描くことで、受粉以外の自己分裂の方法を表した――というのがコンセプトだった。そこにうそはない。ただ、絵画を言葉で説明しようとするとき、見つめ合うだけで、なにもかもすべてが伝わったりしないだろうかと夢想する。

みみがわたしの絵を見ている間、わたしは別のひとの作品を見ていた。窓からオーロラを眺めている人物が描かれていて、背の高い、ショートカットのそのひとの腹は膨らんでいた。

「でも、なんか、今回の作品は、人間みたいだった」

「え？」

「植物から肌のにおいがした、ほんの少しだけ、そう感じた」

額に汗が浮かんだ。だとすれば、それはみみの肌だ。一度だって、触れたことのないその肌を、わたしはなんどもなぞった。目で、筆で、絵の具で、みみのもたらす光と影の境目を執拗に撫でた。触れるよりもきっと、うまく描くことができた。

「人間と植物って、共通祖先がいるっていうもんね」

わたしは、関係のないことを言った。

「じゃあ、うみは覚えているの？」

「なにを？」

「海とか、植物とか、鳥とか魚だったときの記憶。花粉が先端について伸びてゆく種子、いるかの母乳の味や、鱗をまとった身体が海藻の隙間を通り抜けるときのぬるぬるした感覚とか」

「もう、覚えていない」

髪に人差し指を入れた。そこはしっとりと濡れていた。

「でも植物も、鳥も魚も、青く光る海だった頃の記憶があるから、うみたいって思うんでしょう」

みみは言った。

「いや……」

だれだって、まぶたを閉じればそこに青い海が揺蕩うだろう。それだけで、うみたいなんて思わない。思わないんだよ。すぐそばに夜があった。わたしたちは大江戸線と中央線を乗り継いで自宅へと向かった。一時間半ほどかかった。ファミレスにも居酒屋にも行くお金がなかった。道中、スーパーでプライベートブランドのチューハイをいくつか買うと、まだぬるいそれにストローを突き刺し、ガードレールで舗装された玉川上水の縁道を歩きながらちうちうと大切に飲んだ。

「中学三年生くらいの頃、おばあちゃんの家で飼っている柴犬を抱き上げた瞬間、赤くてつやつやしたちんちんがにゅっとでてきて、すごい、驚いた。それまで、セックスって人間しかしないいんだと思っていた」

　自分に性器があるんだと気がついたのは、たしか、三歳くらいの頃。ままが握ってくれたおかかのおにぎり。いいとも！を見終わって、透明な真昼のひかりが畳の目に編み込まれていって、寝転ぶと乾いた草のにおいがしてきれいだった。そのうえで、自分の性器をもぞもぞと床におしつけるたび、きゅうきゅうと、

「たまごがうまれる」

　と口にしていた。ただ、床でうつぶせになっているとたまごがうみたくなる。透明ななにかが股の間を通り過ぎようとする。でも一度もうむことはできなかった。たまごをつくる力のない、ほとんどたまごのようなわたしは、天使の羽が生えたたまごっちにかいがいしく世話をやいていた。

　そのときが、たぶん一番うみたかった。

「去年の、みみの個展もすごくよかった」

　去年の十二月に行われたみみの個展のことを思い出していた。「いるかのたまご」というタイトルで、代表作でもある《いるかの夢》から派生していった作品群が空間をつくりあげ

ていた。会場は西荻窪にあるギャラリーで、保健室にあるような、上部がメッシュになった萌葱《もえぎ》色のカーテンがいくつも吊るされていた。そのうちのひとつに、薄橙《うすだいだい》と薄黄色の、人型（に、わたしは見えた）のきぐるみが殴り合う映像が投影される。目もなく、耳もなく、くちびるを模した赤い線だけが走っている。ただひたすらに、殴り合う。ドーン、ドーン、と爆《は》ぜるような音がする。

〜海が見たい　人を愛したい　怪獣にも心はあるのさ

なぜか合唱曲の『怪獣のバラード』が流れて、動画は終わった。

「すごく好き、あの作品。わからないまま、好きでいられて」

酔っ払っているのか、なにを話してもみみからはろくに返事がなかった。自分のろれつも回っていないのかもしれなかった。ちょうどすれ違った自動販売機のゴミ箱に、チューハイの空き缶を捨てる。もうひとつ、新品の缶をあける。ぶわぶわって、自分の輪郭が内側から脈動している。

「いつか、みみと二人展やりたいな」

「二人展か」

みみは、わたしの言葉をなぞるように言う。

「ひとつになってみたい」

「ひとつ？」

「ふたりでひとつのものをつくってみたい。そうしたら、自分がもっとどこまでも広がっていって、新しい自分に出会える気がする。水素と酸素が結合して水になるみたいな」

「むむ展ってこと？」

「そうじゃなくて」

むむは大切で、それは揺るぎない。でもやっぱり、やわらかすぎるよ、もっとぶつかり合いたい。わたしにとっては、うみたいという気持ちの、みみにとっては、うみたくないという気持ちの、その真ん中にむむがいる。わたしたちは、むむに理想の身体を見出しているけれど、まったく別のものが見えている。

「わたしたちって、似ているけど、本当はとても遠いところにいる気がする。考えていることも、やりたいことも」

みみのまわりには、透明な膜がある。作品をつくるとき、それは一際《ひときわ》強固になる。

「みみは、ずっとわたしと一緒にいてくれる？」

みみは目を細めてこちらをみた。

「みみは、これからどんどん大きくなって、遠くにいっちゃいそうだから。来年から、ドイツに留学する、とか言われても、わたし全然驚かないし」

自分で勝手にドイツ、と言ったのに、本当にみみがドイツに行ってしまう気がした。水星、にすればよかった。そうしたら、行くはずがないじゃんって笑えた。

「そうしたら、むむは長い旅をして、海の真ん中でうまれるのかな」

みみとむむがいれば、わたしは絵を描き続けることができる。絵を描くためにうまれてきたのだと、信じることができる。川沿いに連なる、防犯対策の青い街灯の下で、みみの姿はほとんど見えなくなっていた。青い光になったそれを、なぞりたいと思った。


朝、洗面台で顔を洗うと、アトリエへと向かう。床は青かった。ホームセンターで買ってきたブルーシートで養生してあるからだ。薄手のルームウェアのうえからつなぎを着用し、イーゼルの前のパイプ椅子に腰掛ける。一昨日、壁に貼り付けたばかりのからすうりの資料が剝《は》がれかけている。

「んー」

線を引き、乾く前に布で拭うと、消える。油絵の好きなところはいくつかあって、のろまなところが好きだ。わたしのことを待っていてくれるような気がする。油絵科を選んだのも、なんとなく自由な感じがしたからだ。そのときは、べつに油絵具という画材にも、キャンバスという支持体にも、特に執着もなかった。

す、と深い緑の線を引く。これがビカクシダだと、わかる、と、わからない、の境目はどこにあるんだろう。きれい、と、きれいじゃない、の境目は。不快、と、不快じゃない、の境目は。みみ、と、みみじゃない、の境目は。絵の具は、絵の具そのものが美しいのだから、そこにわたしの意思で具象性を与えることが、たまに加害のように思える。

今日は、なんだか線を上手く引くことができない。ルナルナをタップすると、もうすぐ生理だ、とうさぎが教えてくれて納得がいく。ふっつりと、才能の糸が切れたわけではないのだと思うと安心して、なにもかもを手放すことができる。妊娠可能性「中」の表記に、ウーッとなりながら、昨晩から置きっぱなしになっていたふたつのマグカップを、シンクへと運ぶ。冷えた茶を流して捨てる。そのまま溜まっていたコップやフォーク、スプーンなども洗っていく。今日は絵を描かなくても良いのだと決心すると、細々としたすべてが片付いていく。

シーツのうえで、ピーター・ドイグの画集を開いた。Amazonで高値になっているほうの画集で、バイトをはじめて、まず一番に買った本だ。まぼろしを窓の外へ逃がすような筆致に心はなだらかになったが、痛み止めを飲んでも下腹部の鈍痛は治まらず、ある程度筆を洗浄すると、おしりの部分まで防水布でおおわれたショーツに穿き替えてからベッドに横たわった。

目が覚めると、わたしは産卵マットのうえにいた。仰向けで、いつもより多い手脚をばさばさと動かして、止まり木にツメを引っ掛けて、なんとか起きあがった。遠くの木の近くに昆虫ゼリーを食べている背中が見えた。わたしは、それがみみだということがすぐにわかった。なにか、わたしよりも大きな存在に、ひょいと身体が持ち上げられた。挟まれた部分がじんじんと燃えるように熱い。人差し指の付け根に痣《あざ》があって、それはわたしの指だった。ゼリーを食べているみみが真下にいた。わたしは、暴れた。身体をどこまでもばたつかせて、喘《あえ》いだ。わたしがやっていることはそういう暴力だった。夢だとわかったあとも、ひび割れたマグカップのように、双眸《そうぼう》の裂け目から、じわじわと涙がにじんでいった。

わたしには指があった。

ありとあらゆるいきものを、交尾させる指。同意なく新たな生命を誕生させる指。わたしの指。わたしの描いた絵が、いつかだれかを傷つける。輪郭にそって、紙粘土を捏《こ》ねる。インコのピピの繁殖抑制のために、わたしの親指はピピのたまごの記憶をなぞる。発情期に入ったピピは、昨日無精卵をうんだ。わたしに恋をしたのだ。インコは視界に入った、ありとあらゆる相手に恋をする。産卵は、ちいさなピピの体力を奪い、たまごづまりが起これば死に至る可能性もある。だから、ピピにはわたしのつくった偽卵を温めてもらう必要があった。

「わたし、いつも戦っていますよ」

「なにと」

そよそよと、ネムスさんの会話が、急に耳に滑り込んできた。

「火をつけたいような気がしているから」

「孵化コーポに？」

「そうです」

そよそよは答えた。

「ここに住んでいるみんなを、ひろい森にかえしてあげたいなって思うけど、みんなブリードして混ざり合っているから、いまさら野生には戻れないじゃないですか」

いきものを飼育するうえで、生体を公園や森に放つことはタブーだ。外来種はもちろん、在来種であっても、生態系はいともたやすく壊れてしまう。産卵に使用したマットも、細心の注意を払って処分するようにしている。廃材のなかに紛れ込んでいたたまごがゴミ捨て場で孵《かえ》らないように、焼却処分は必須だった。

「これはルームシェアだよ、そよそよ。孵化コーポでうまれたこの子たちは、もう人間に近いんだ」

ネムスさんは淀みなく言った。

「人間でも昆虫でもないいきものとして、わたしたちが責任をもつしかないよ」

「責任って、なんですか。こうやって、やみくもに、繁殖させ続けることですか」

「いきものには、繁殖をする自由と、繁殖をしない自由があるとわたしは思ってる」

「そうですね」

このままヒートアップしていくかと思った会話は、意外にもすぐに収束した。そよそよはポケモンのたまごを孵すためにゲーム内の牧場を駆け回り、ネムスさんはヤフオクの質問欄に返信を書き込んでいる。カタカタと、コントローラーとキーボードをそれぞれの指が叩くかさついた音だけが響く。

〈この個体はデカくなりますか？〉

〈とてもよい血統なので、角のサイズや太さも期待できると思います〉

ネムスさんの頭越しにオークションの出品画面が見える。サイズ、血統、レアリティ。性別、年齢、出身地。それらによって、昆虫たちはたやすく値付けをされていく。わたしの胸はざわざわとしていた。指先の偽卵に意識を集中させる。乾いた紙粘土が、指先を白く汚していた。

粘土を乾かしている間に、エサやりをすることにした。１０１号室へ向かう。成虫ゾーンのケースを床に下ろすと、なかで暮らしていたメスのアトラスオオカブトムシが五匹とも死んでいた。後ろからそれを覗き込んでいたそよそよは、一緒に標本にしましょう、と消毒用アルコールの準備をはじめた。

「どうしてだろう」

「さあ。水族館とかでも、たまにありますよね、大きな水槽のマグロの不審死とか。同じ種族だけが同じタイミングで死んじゃうこと」

「そうだね」

この前も、大量のアユの死骸が湖岸に流れ着いたとニュースでやっていた。嵐から逃げてきた蜘蛛の大群が街中を糸で覆い尽くしてしまったとか。それはまた別の話かもしれなかった。

「なんで虫って殺しても罪に問われないのかわかりますか」

「ううん」

「虫は痛みを感じないから、らしいですよ。痛みのための受容器が備わっていない。たとえば、昆虫の翅をちぎろうとすると、かれらはちくちくと身じろぎするけれど、それは顔をめがけて飛んできた虫に思わず目をつぶるのと同じ、反射で行動しているだけだって」

そよそよは、カブトムシの翅についていた泥をブラシで落とした。

「それと同じように、人間にも、昆虫の痛みのための受容器がない」

タッパーに注いだ消毒液に、もう動かない背中を浸してゆく。カブトムシは皆、コットンを抱えて死んでいた。脚が引っかからないようにそっと取り上げると、そよそよの爪の色とまったく同じ金色が丸くにじんでいた。となりで虫の背を浮かべていくそよそよの爪のポリッシュは、コットンで拭い取られたように剝げている。

除光液で昆虫を窒息死させることができると、とあるブリーダーの日記で読んだ。そのひとは、飼育しきれなくなった昆虫たちを百均の除光液で殺害し、ネット上で批判を浴びた。〈うみ〉の部屋には、わたしが置き去りにした除光液があった。〈うみ〉の部屋に忍び込み、その橙色の除光液をコットンに含ませ、昆虫たちに吸わせるそよそよの姿がぬっと思い浮かんだ。

「うみさんは、罪悪感とかないんですか」

死んだカブトムシから、わたしのようなにおいがした。昆虫たちはみな無痛分娩で、そう聞いたときは安堵よりも羨ましさのほうが強かった？

「自分が、もし孵化コーポにうまれていたとしたら、繁殖のための人生を祝福できますか？自分の身体のことではないから、それは別にいいんですか。いきものは、人間のために生きているわけじゃない。生殖をする自由と、生殖をしない自由は、いきものの腕のなかにあるべきです。狭い虫かごのなかで、一生、自然をしらないまま死ぬなんて、かわいそうだ」

そよそよはかすかな嫌悪を顔中に落とし込んだ。唇を噛むと酸《す》っぱかった。

「店長とか、ほかのバイトのひとはもういいです。うみさんは、いきものたちの気持ちに寄り添って、慈しんだり、だれよりも命を大切に思っていたり、そういう感性を持っているはずなのに、孵化コーポのいきものたちの気持ちだけ、それだけを無視しているのが、許せないんです……」

「買いかぶり過ぎだよ」

ピピピ、とアラームが鳴った。鳴り続ける音に抗《あらが》うように身体は動いた。

「じゃあ、十九時になったので今日は解散で」

リビングに戻り、ネムスさんに声をかけた。タイムカードを切ってもらう。そよそよが身支度をしている間に、ネムスさんはドアから出ていった。いつも身軽だ。忘れ物もしない。

「うみさん、また明日」

そよそよは、玄関の一段低いところに立って、わたしのことを見上げた。鎖骨のあたりで切りそろえられた髪が、やけにつやを帯びている。

「またね、そよそよ」

手を振った。そよそよはその軌道を熱心になぞるように手を振り返した。扉の鍵を締め、カップ麺ができるのを待つ間に〈うみ〉の部屋のベッドに寝転んで漫画を読みはじめた。強烈な主従関係から発展した恋愛が描かれていて、内容にはあまり集中できなかった。自分のことが正しいとは思わなかった。これは職場での業務だったし、はじめは店長に言われたことをやっているだけだった。――いや、そのことを抜きにしたって、わたしはきっと、孵化コーポで暮らすいきものたちのことを、本当の意味でかわいそうだと思えない。だって、それはわたしではないから。この世界にわたしがひとりしかいないことのほうが、わたしにとってはかわいそうなことだった。

ポーン、とインターホンの音が響いた。

夜の十二時をまわろうとしていた。はじめはそれを無視しようとしたが、ポーンポーンと鳴り続けるので、恐る恐る玄関へと向かった。

「そよぎです」

「どうしたの」

「忘れ物しちゃって。開けてくれませんか」

すりガラスの向こうに、ぼんやりと人影が見える。いつもより大きく見える。

「本当に、そよそよだよね？」

「そよぎです。怖がらないでください。困ってるんです、スマホを忘れちゃって、慌てて引き返してきたんです」

スマートフォンは、おそらくそよそよのポケットのなかにあった。ただ、街灯の光さえ射し込まない路地に、一人で立っている彼女のことを思うと、このまま追い返すこともできないと思った。鍵をあけ、扉を横に滑らせる。本物のそよそよがそこに立っていて、わたしはほっとした。

「そよそよ、水やり？」

そよそよの持っている赤紫色のぞうさんじょうろがまず目に入った。水がなみなみと注がれていている。大きなふたつの目の裏が暗い。

「ベッドから来たの？」

さらによく見ると、彼女はパジャマのうえからジャンパーを羽織っているだけだった。スポーツサンダルのとなりには銀色のバルサンがあった。そよそよが少しでもそのじょうろを傾ければ、バルサンのなかに水が注がれて、昆虫を殺害するための煙がもくもくと立ち昇るだろう。

「やっぱり、孵化コーポは燃やしたほうがいいと思うんです。どこかで連鎖を止めないといけない」

「やめようよ」

わたしは、そよそよの目を見た。

「やめようよ……」

諦めたような声が出てしまった。張り詰めていたそよそよの顔に一瞬、不安さがにじんだ。その力のない声に気を削《そ》がれたのか、

「そうですね」

と頷いたそよそよは、力なくじょうろのなかの水を玄関脇に植えられていたムスカリへと与えた。プランターは水を吸って赤くなり、肥料の粒が流れ出した。

「森にかえりたい」

そよそよはそうつぶやいた。

「いいよ。一緒に森にかえろう」

足元の銀色の缶を拾い上げてわたしは歩いた。その後ろをそよそよはついてきた。互いに無言だった。コンビニもない、静かな住宅地。時折、放たれた矢のように鋭い速度の車が通り過ぎる。みんな、どこに行くんだろう。ひとりだったら、こんな場所、こんな時間に歩けなかった。

「わたし、疲れてるんです」

「ごめん」

わたしは足を止めた。電信柱は犬の尿がかかった部分だけ月光に濡れていた。

「いや、ずっと前から。森に向かう前から、うみさんと出会う前から、うまれてくるずっと前から、わたし疲れているんです」

「そっか」

「自覚したのは、三歳くらいのとき、旭川の動物園に家族でいきました。夏休みだったから、どの水槽の前にも人だかりができていて、両脇の下にすっと手を入れて、お父さんがしろくまを見せてくれた。しろくまは、のっそりと歩いていて、細長くて、家にあるくまのぬいぐるみとはまるで違っていて。かわいそう、ってとなりにいた同い年くらいの女の子がささやいて。そのとき、なんか疲れたなあって思って……喜んだり、悲しんだり、そういった起伏があるのが、これから何十年も続くんだって、そう思うと急に疲れちゃった」

そよそよは、笑った。耳に透き通った石が見えた。

「孵化コーポの貼り紙を大学で見たときから、こんな場所が存在してはいけないと思っていました。いまでもそう思っています。わたしは、自分ではない存在の痛みがわかるからです。他のひとよりもほんの少しだけ、みんなのことが、自分のように思えてしまうだけ」

わたしはひとを見る目がまるでない。わからない。あるのかもしれない。夜があまりにも暗くて、孵化コーポの住人を殺してはいけないということしかわからなかった。

「うみさんは、最後まで見届けてくださいね」

それきり、そよそよは孵化コーポに来なくなった。孵化コーポのシフトは、また緑化さんとネムスさんとわたしでまわすことになった。店長は、もう半年近く孵化コーポに来ていない。

「誕生日だね」

目を覚ますと、枕元に花束を持ったむむがいた。リビングに降りると、みみがいた。二十四年前の今日、この世にわたしがうまれたことをみみはただ確認した。祝福はなかった。うん、と言ってわたしたちは、約束どおり街へとくりだした。

「あ、プードルケーキだ」

家から三分ほど歩いたところに、ケーキ屋さんがある。日に焼けたビニールの奥、いつも高齢の店員が店番をしている。みんな首輪の色が違うの、とエプロン姿のおばあさんは微笑んだ。ショーウィンドウから、気に入った二匹を選ぶ。スーパーの前のガードレールから、リードを外し、飼い犬を窃盗しているようで少し後ろめたさがあった。やさしくて素直で甘ったるい犬。

「わたしの誕生日のときも、このケーキがいいな」

白いチューリップハットの下でみみは、飴色の光に目を細めた。

「また別のいきものを探すのも楽しそう。たぬきとか白鳥とか」

「むむとかね」

「それはすごくいいね。むむケーキ、食べてみたい」

二月六日。今年のみみの誕生日も、ふたりでケーキを食べた。

「特別じゃない日に食べるケーキが一番甘いよ」

みみは笑っていた。駅ビルのケーキ屋さんで、お互いに食べたいものを選んだ。抹茶のタルトと、イチゴのショートケーキ。おめでとう、とも言わなかったし、ハッピーバースデーも歌わなかった。この世に生まれてきてしまったことの不思議さとは裏腹に、ケーキは甘くやわらかで美味しかった。わたしは、生きていてよかったと簡単に思った。

「子どもの頃、家族でお祝いとかしなかったの」

「したよ。イチゴが苦手で、十八歳になっても、チョコレートでできたくまのケーキを食べてた。それをふたりで食べ終わると、その日だけ浴室で、ままがわたしの髪を洗ってくれる。シャンプーハットのうえで指先が頭皮をはじいて泡が膨らむ。きれいなにおい。目の前にある鏡には、ふたりのすがたが映り込んでいて、真ん中に、毛が生えていてそこだけ真っ黒で怖い。髪の毛の水分をタオルで拭いながら、ままのまつげの細胞からうまれたんだよって言われて、嘘だってわかっていたけど、信じていた」

今日は、気分がよかった。わたしたちは公園にある、中央に手すりが設置されたベンチに座っていた。湿度の無い澄んだ風でシャツがはたはたしていた。紙箱のなかの犬はきっと汗をかいている、みみはその犬にも人見知りをしている。かわいい、と思うことで、ぱたんと絵本が閉じられ、終わっていく関係のことを思う。頭上に広がる葉と葉がこすれてざわめいている。

いつか、孵化コーポは本当に燃えるだろうな。緑化さんがガスをつけっぱなしにしたりして。ネムスさんがたまごを盗んだりして。店長が本当にたまごをうんだりして。わたしがすべてのいきものと交尾をしたりして。

わたしたちの家だけが、なにも変わらない。

ふたつの山が、ただ揺れている。

「うみの二十四歳の目標は？」

「恋愛をしようと思う」

すぐそばで子どもたちが縄跳びをしている、たまにぴんと跳ねる鋭い小石が、剝き出しの半ズボンのすねに当たる。

「本気で言ってる？」

「うん」

「どうしたの、急に」

みみはまっすぐに、わたしのことを見ていた。そこにはだれかを引き寄せようとする引力はなく、かといってだれかを遠ざけるでもなく、ただ鉱石の澄んだ岩肌がそこにあるだけだった。

「わたしには、恋愛が必要なのか、そうじゃないのか、知りたいから」

「それって、わかる必要あるの？」

「知りたいよ」

みみは唇を尖らせてふうん、とだけ言った。

「じゃあ、わたしはこの世界中の繁殖を止めようかな」

みみは笑った。

「止めたいの？」

「止めたいっていうか、消したい」

「一緒に消そうか？」

わたしは言った。

「でも、やりかたがわからない」

生殖って、いつからあるの。ひとはいつふえたいと願うの。それはまろやかに輝く川の流れや、雪原を跳ぶユキヒョウの筋肉となにか関係があるの。

　みみは、手のひらを空にかざした。

「彗星が地球のかたわらを通り抜けて、その光が、世界中に満ちてゆくの。すべてのいきものの身体から性器がなくなって、性器の記憶も溶けて消えていく。人間はふえるということを忘れて、自分たちがどうしていまここにいるのかを、滅びるまで考え続ける」

　だとしたら、気がついてしまいたい。わたしたちもこの植物のように、種を残すことができたんじゃないかということに。そうやって、わたしたちはこの世界に現れたんじゃないかということに。消したい。吹き消してしまいたい。ろうそくの炎と、バタークリームでできた赤い首輪のプードルに見守られながら、〈恋がしたいです！〉とマッチングアプリのプロフィールに記すのには解放感があった。


〈年末年始、同窓会しませんか？〉

　電車内でＬＩＮＥを開くと、数年ぶりに〈三年Ｂ組～魂～〉というグループが動いていた。成人式のあとにつくられたグループで、久しぶりにメンバーの一覧をチェックすると、知らない名字のアカウントが増えていたり、車のマスコットがついたちいさな靴下がアイコンになっていたりした。かつてわたしのすべてだった世界。恋愛のことなんて、先生は教えてくれなかった。正解を隠す透明な赤いシートが向かいの座席の下に落ちていた。

西武線を乗り継いで秩父に着いた。わたしはみみの通学路を歩いていた。絵のモチーフを探しにここにいるんだと理由が見つかると、少し気が楽になった。歩いていると川が見えた。青い立て看板に〈Arakawa River〉と書いてあった。〈kawa〉の部分に剝がされたガムテープの粘ついた跡があった。ラベンダー色と水色のランドセルを背負ったふたり組が手をつなぎながらまっすぐに延び続ける河川敷のうえを駆け抜けていった。そのふたりとは反対の方向に、わたしは走り出した。あの無邪気さが剝がれ落ちていく瞬間が幾度もあった。鼻の下に生えた濃い産毛を笑われたとき、体操着を着たときほかのひとよりも太ももが厚く膨らんでいるとわかったとき、水泳の授業がある日にふさふさの脇毛を剃り忘れてしまったとき、見学する理由を先生に言わないといけなかったとき、フルーツポンチ、さかさまにしてほしいと笑われたとき、もう二度と背は伸びないのだと気がついたとき、わたしには爪があってそれをきゅうとつねるように嚙むとやたら落ち着くとわかったとき。

ヴうヴうと、ズボンの尻ポケットが揺れた。みみからの着信だった。

「どこにいる？」

烟《けぶ》るノイズ越しにみみの声がした。

「今、あの川にいるよ」

「へえ」

あの川、が、ちょうど荒川に聞こえたのだろうか。立ち止まり、ぜいぜいと、肩で呼吸をしていると背中を汗が伝っていくのがわかった。

「透明で、ずっと流れているよ」

「いい川だよね」

「うん」

遠くに、山が見える。階段のように表面が削れている。ドーン、と音が鳴って、揺れる。白い煙が昇っている。あぁ、この音だったのか。あの日見た、きぐるみときぐるみが殴り合うときの音は。山から石灰を採掘するときの爆発音。

「あれはつまり、どういうことだったの」

「あれってなに?」

「『怪獣のバラード』。なんで流れたの」

わたしは、みみの個展で見た作品をもう一度思い出していた。

「うみと出会ったから」

そうみみは言った。わたしはなにかを伝えたくて言葉が出てくるのを待ったが、川の流れを見ているうちに忘れてしまった。

「夜、バーミヤン行かない？」

「うん、いいけど」

それだけ約束をして、電話を切った。

夜の八時頃、国分寺駅に着いた。おなかはすごく減っていた。みみは、突き当たりのボックス席に座っていた。ジャンパーを脱ぎながら向かいの席に座ると、ほのかにバターのにおいがした。最低でも、三日は風呂に入っていないのだろう。みみの参加する展覧会は一週間後に迫っている。

「北京ダック食べようよ。みみが二つ食べていいから」

注文用のタブレットをタップする。なにが一番食べたいのかではなく、なにが一番コスパいいんだろう、なんてことを考えている。サラダうどん、とか美味しそうだけど、自分でもつくれそうだしな。とか、つくれないくせに、そんなことを思う。

「今日は、わたしがご馳走するよ」

「なんで」

「展示の準備、今日も手伝ってほしくて。明日の昼までに什器《じゅうき》の塗装を終わらせたいから」

「はーい。わかった」

昨日はふたりで材木屋へ行って、テキストを置くためだけの台をつくった。木材はその場で指定のサイズに切ってもらって、一メートルくらいある板の端と端を持ちながら家まで帰った。ぐりとぐらみたい、と思ってたけれど、なにかの懲罰のようにも見えていたかな。

「怖いなあ」

そう言ってみみがうつむくので、北京ダックの付け合わせの細いきゅうりを一本だけつまむ。冷えてしんみりとした味が舌のうえに広がる。

「なにが」

「さっき、家の前に、搬入用のトラックが来たんだ。でも、作品がどこにもないの。作品が見つからないまま展覧会がはじまって、なにもない空間をみんなが無言で眺めている。そういう夢」

みみの表情がいつになく暗い。

「別にいいじゃん。そういう時期があってもいいと思うし、むしろほんの一瞬だけ、作品をつくる人生もいいと思うし」

「そうかな」

みみは吐き捨てるようにそう言った。

「つくりたいものがなくなったら、つくれなくなったら、わたし、生きている意味ってあるのかな。死ぬのは怖いのに、生きていたくないときって、どうすればいいの。こんなに、苦しいことばかりで」

愛玉子《オーギョーチー》が運ばれてきた。黄色くてぷるぷるしていて、てっぺんに赤いクコの実がのっていた。わたしは一瞬、それに気を取られた。

「苦しいの?」声が震えた。

わたしは愛玉子を匙で掬《すく》った。レモンシロップと、黄土色の繊維の混じったゼリーが今にも落ちそうにわたしの口に運ばれていく。冷たくて甘酸っぱい。みみは匙を握ったまま、それを透明な液に浸す。みみが、作品のなかで生きることの苦しみを表すとき、それはむしろわたしの心をやさしく撫でた、だから目の前にいるみみがそれを言葉にすることで、こんなにも、ひび割れそうに、苦しくなるだなんて知らなかった。

「やさしくしようとしてる?」

みみの目が、揺れている。薄紫色の瞳は、眠る前だけ、琥珀色の海に変わる。テーブルの半ばまで伸びた指を、少し折り曲げて、注文用のタブレットに触れた。ちょん、と触るとそれは光った。ほしいものがないので、いつまでも触り続けた。

「やさしくしないで」みみは組んだ手のひらのなかに息を吹き込むようにそうつぶやいた。タブレットのなかで、甘えびが水揚げされている。ほたるいかが青白く光っている。わたしは黙った。冷えた北京ダックを口に入れ、味のしないそれをくちゃくちゃと嚙んだ。わたしはなぜだか涙がでてきた。わからない。どうしたらいいのか、よくわからないまま肉を噛むと、もう噛み切れないほど顎が弱っていた。

「透明な肉」

みみは箸でほたるいかをつまみ噛んだ。湯通しされたいかの皮は濁っていた。

産卵木を割った。オオクワガタの幼虫が、埋まっている。幼虫を潰さないように、白濁した肉の気配を感じながら、木目に沿って力を入れる。軍手の指先のゴムがみちみちと樹皮に食い込み、ぼろん、と生きたかたちが木くずとともに地面に落ちる。わたしはそれを別のケースに避《よ》けて、さらに幼虫の眠る木を割り進めていった。マイナスドライバーを置いて軍手を外すと、甘いマットのにおいがこもる部屋を出た。

十二時になったのでタイムカードを切ると、わたしは自転車に乗って国分寺駅へ向かった。先月末から水気のない風が吹くようになっていた。そこから中央線に乗って、中野駅で降りた。みみの参加している展覧会は、駅から徒歩十分ほどの場所にある廃ビルの一階から五階までを会場にしていた。受付で料金を支払うと、パンフレットを手渡される。室内は仄暗い。日が射し込む場所でキュレーターが綴ったステートメントを読みながら外階段を使い、五階へと上がる。

ひらけたフロアの中心に、大きな箱型の白いパネルが横たわっていて、そこに海が投影されている。CGの海、やけに規則的な波、原始の海だろうか、なにかが結びつこうという気配のなか、そこに手のひらだけが、漂流物として現れる。それは、みみの左手だとすぐにわかった。

わたしたちは手をつないだことがなかった
本当にひとつだったら
手をつなぎたいなんて思わない
だとすれば
わたしたちはすでにひとつだった

波が砂を引きずる音に混じって、そう朗読する声が聞こえる、近づこうと、触れようと、ひとつになろうとすると、映像のなかに自分の影が入って、途端に見えなくなってしまう。海から遠い場所でそれをただ見ていることを、近づいてはいけないことを、わたしは強制されている。みみによって、わたしはここに置かれている。

作品には《うみ》という題がついていた。

これは、わたしたちの関係性をもとにした作品だとすぐにわかった。みみの本当に言いたいことなんて作品を見なければわからなかった。作品を通してだけ、わたしに想いを伝えてくるみみがきらいだった。きれいで、眩しくて、大きくて、心が揺さぶられるに決まっていた。もう光らない人間として、わたしに向き合ってほしかった。そうして、粉々に砕けていきたかった。

わたしはしばらくそこに立ち尽くしていた。

すべての作品を見終わって会場の外に出ると、喫煙所に作家らしき何人かがたむろしているので、足早にそこを立ち去る、みみの作品を思い出しながら、ポケットのうえからむむを潰すように撫でた。

「わたしはなにをうめばいいの」

みみは、川に向かって石を投げた。それは水面のうえを三回跳ねて底に沈んだ。

「どうしてわたしはこの身体をしてここにいるの」

「身体は悪くないよ」

「本当に？」

わたしは黙った。でもそれは本当のことだった。みみは、ゲームセンターでアクリル製のネッシーを手に入れていた。アームが摑んだ宝石に押し出されて、島から落ちた。幼い頃、わたしはこの透明なマスコットのことを宝石と呼んでいた。宝石すくい、というのは、宝石救いだと思っていた。わたしは自分の手のひらで摑み取れるだけの宝石をよく救ったが、家に持ち帰っても大切にはしなかった。

「うみだけだよ」

「うん」

「思ったんだ。うみといると、ずっとみみでいられそうな気がする。ままと暮らしているよりも、ひとりで暮らしているよりも、もっとひとりでいられた」

水面にナイフを入れるように、灰色の鳥が滑空する。

「うみだけだよ」

・

搬出を手伝うために、再び会場を訪れていた。展覧会の幕が閉じた廃ビルには十五人ほどの人手が集まっていて、知っているひともいれば、知らないひとも当然いた。おそらくは全員美術大学の出身だったが、そのことにアーティストは無頓着だった。帰りは搬出用のトラックで機材とともに家まで運んでもらった。二台あるトラックの運転手はどちらも出展者でもある作家が務めていた。多摩地方へと向かうトラックの運転手は、二階でゲームを題材にした作品を展示していたタカグチさん。わたしが真ん中に座って、美術で食べていくことの難しさについて話した。荷台にのせていたモニターとスピーカーを一緒に家のなかまで運び終えると「お幸せに」と言って、あっという間に走り去っていった。それから、それぞれの部屋のベッドで眠った。疲れていた。夕方、スーパーに買い物に行った。半袖のシャツだと肌寒かった。両腕を抱えながら歩いていると、みみは北極にいるみたいだよと笑った。オーロラが見える気がした。一階のアトリエで展覧会の打ち上げをした。そしてそのままブルーシートのうえに川の字になって眠った。むむは、〝川〟にしては、ずいぶんと短かった。みみは、わたしより少し背が高い。背中が薄い。投げ出された足の指が、まったく同じかたちをしている。ばらばらに生まれてきたのに、互いのことを知っていたかのように。

「海が見たい」

「うん」

「うみと、海が見たい」

声は暗闇に溶けた。わたしも、ずっとそう言いたかった。みみと一緒に、海が見たかった。ずっと。窓辺にはふたつの山が並んでいる、薄いカーテンをひらくと、その稜線はそっとひび割れて、夜の終わりが射し込んでくる。

手のひらが、とても冷たい。

閉店間際のニコニコレンタカーで車を借りた。押入れの、夏ゾーンに眠っていたいるかの浮き輪とシャチのフロートを荷台に入れる。むむのためのちいさな浮き輪をひょいと摑む。海に着ていく服がなかった。垢のにおいの染み込んだTシャツと、ハーフパンツを穿いていた。

「みみ、免許持ってるんだ」

「うん。大学一年生と二年生の間の春休みに、合宿で取った。山形で、雪がたくさん降っていた。合宿所には風呂がなくて、駅前にある銭湯によく行った。サウナのなかでは、そうめんを氷水でしめるとあかぎれができる、早朝の米を研ぐ水が哀しいほど冷たい、みたいな話を地元のひとたちがしていた、一人残らず前を向いていた、わたしはすみっこのほうでそのひとたちの背中を見ていた。その裸は、別にいやじゃなかった。帰り道、髪の毛の内側がなんとなく湿っていて、雪が、道路にも屋根のうえにも、どこまでも広がっていて、夜空が紫色に見えた。その瞬間だけ、生きていることはきれいだなと思った」

「うん」

みみの運転で真夜中の国道を走っている。格安で借りたわたしたちの車には、カーナビもついていない。スタンドにわたしのスマートフォンを立てかけると過不足なくそれは案内をはじめる、街灯の少ない暗い国道を走るとき、速度メーターがぽぽのGショックの腕時計のように光る。わたしはいつも助手席に座っている。ブ、と震える端末に通知が落ちてきて、みみの黒目は一瞬それを捉えてまた前を向いた。

「みみは、わたしがうみたいって言ったらどうする？」

「うまなくていいよって、言う」

細く開いた窓から飛び込む風が、みみの長い前髪をさらう。わたしはそれを見て、また黙った。

「うみは、たとえばわたしが、うみのおなかのなかに宿ったとして、それでもわたしのことをうみたいって、そう思うの？」

景色は奥へ奥へと流れていく、やがてみみになる血液、少しだけ光る背骨、わたしはまなざしだけでそれをそっと撫でる、ほこりの浮いたディスプレイのように、親指の熱で変色する、苦しい、とみみは言う。その苦しみをわかちあうことも、背負うことも、消し去ることもできないと理解したまま、出会いたいと強く望む。

「思うよ」

「こわいよ、うみ」

みみが遠くを見ていたので、わたしもそれに倣った。アクセルを踏むと、車体はスチロールでできたけもののように静かに走った。色のない風が、ふたりの間をすり抜けていく。

「みみは、むむになろうとしているよね」

「そう」

「わたしは、ままに戻りたくない。ずっとみみでいたい。進化するならむむがいい」

「うん」

「みみでいたい」

みみは言った。

「だから、ずっとわたしといてほしい」

「うん」

頷くと、わたしは自分の手のひらを握った。人気《ひとけ》のないパーキングに車を停めると、わたしたちは海岸に向かって走り出した、自分自身のかたちをなぞるために走った、海が見たいということと、人を愛したいということは、あの作品を見た瞬間から等価だった。人を愛したいのに、愛されたくないなんてずるいよ、裸足で砂を踏む、みみがうれしそうに笑っている、薄紫の目がきらきら光っている、だとしたら、その目でわたしのことを見ないで。となりで海を見ていて。

スウィミング

目の前を弟が泳いでいる。一列になってわたしたちは進む。平泳ぎ。すうと伸びたつま先。水の膜。すり抜けるたび背骨は透明になってゆく。鼻水。味のないゼリー。赤い帯。それは弟の割れ目からしゅるしゅると流れ出る。水を濡らしながら弟は進む。赤い。眼の底が熱い。わたしは、涙がでてくるのがわかった。

弟はいるかに似ている。

「おーい、河川《かわかわ》さん」

声がしたから振り向く。同期の谷口《たにぐち》くんがひらひらと手を振っている。並び直して、一緒にらーめん屋に入る。谷口くんは、昨日、谷口くんになったばかりだ。

「スマホゲームの監修だったんだよね」

「うん」

「わにいるか、最近すごいなぁ」

そう、わにいるかはすごい。わにいるかの仕事をしているからわかる。谷口くんは、わにいるかの商品をお店に売る営業さんで、毎日車を運転して、わにいるかのかわいいところをアピールしたり、不良品が見つかったら回収したり、わたしがしていないことをたくさんしているみたいで、わたしは、グッズの企画がメインで、ぬいぐるみをどれくらいの量つくるべきかとか、ポーチにポケットを何個つけたいかとか、世の中のひとがなにを求めているのかを毎日考える必要があって、あとは、わにいるかの世界観を守るマネージャーみたいなことをしている。

「わにいるかはこんなこと言わない。全然わかってない。暴力的な表現NGなんで、フォークとか持たせないでください。それにスカートも穿かないので、アバターも描き直してくださいって、突っぱねてきた」

おお、と言いながら、谷口くんはらーめんを啜《すす》った。一口が大きくて、器のなかが一瞬で軽くなる。

「河川さんって、そういうのすごい敏感だよね」

わたしは、ああ、か、うん、か最後まで迷ってどちらも選ばなかった。

「守らなきゃって思う」

「うん」

「わにいるかが生きている世界だけは、だれも傷つかないのがいい。苦しくなるくらいやさしいのがいい」

そうだね、と言って谷口くんは指輪を撫でた。指の腹のやわらかさを吸い込んで、その銀色の輪はより一層光った。

「じゃあ、家族とかつくってあげたいね。彼女とか。ミッキーもキティも、人気キャラってだいたい恋人いるし」

谷口くんは微笑む。おしぼりで爪を拭く。薄く脂の溶けた水を飲み込む。ふと不思議になる。谷口くんのいる世界にわたしは生きていて、わたしとわにいるかは、生きている世界が違うということが。

わにいるかは、バイト先の川で、貝殻を集めて暮らしている。となりの川に住んでいるへびさめの脱皮を手伝ったり、一緒に貝殻を拾ってもらったり。

わにいるかの性別をわたしは知らない。あるけどわたしたちに知る方法はないのか、そもそも性別がないのか、はっきりとしていないのか、わからない。この子は、どうやってうまれてきたんだろうか。わには卵生、いるかは胎生。わに型の子宮。いるか型のたまご。なんだってたまごからうまれるべきじゃないかな。ポケモンみたいに。たまごうんでも変わらずに、めちゃくちゃ強いかえんほうしゃ撃てるし。うさぎのたまご、はっさくのたまご、たんぽぽのたまご、ひとのたまご。孵化《ふか》装置に入れられて、川沿いを散歩したり、同じ場所をぐるぐるしているうちにうまれたい。あっさりしていて、はっきりとよくわからなくて、苦しくないのがいい。だれのおなかも知らないままでいい。うーんだったら伝説になりたい。幻でもいい。

プールの前で待ち合わせをした。バスから降りてきた弟は、はじめてみる黒のリュックを背負っていた。そこに半分にスライスしたマシュマロみたいなキーホルダーがぶら下がっている。

「なにこれ」

「もらったからつけてる」

「だれに?」

「えー、だれだろう。国か区」

袖のあるスウィミングウェアに着替えて、プールサイドでもう一度合流する。天井の高い温室。弟の腕や足にはさやさやと毛が生えている。わたしはゆるやかに伸びをする。満ち満ちている塩素の匂いを深々と吸う。

右端のウォーキング専用のレーンは空《す》いていた。ふたりで並んで歩く。床につんと触れただけで浮遊する感覚、久しぶりだ。

「一緒にきてくれてありがとう」

「ううん、ダイエットしたかったからちょうどいい。このまえ、電車で急に席を譲られて、落ち込んだの。妊婦に間違われたみたい。おめでとうって言われて、新手の受胎告知かなって」

弟は、そのひとなんなの！　と怒ってくれた。親切なひとにも怒っていいんだ。それがわかると気分がすっきりしてうれしかった。ぷんぷんって、弟の頬が膨らんでいる。おなかも、このまえ見たときよりも大きくなっている。きれいな球体。わたしのへそ周りは、分厚いだけ。食パンにだらしなく厚塗りしたスプレッドみたいで、雑だ。

「不思議」

だれかの蹴った水の波紋を胴のあたりで堰《せ》き止める。

「不思議だよ」

ちいさな反復をする。前に進む。壁にタッチしたら折り返してまた歩く。不思議。弟の澄んだ影のかたち。頭のなかのイメージ図は、回遊魚から徐々にプラスチックの鉄道に変化してゆく。

「たまに、不思議になったりしない？　ひとの顔とか、手のひらとか、ぼーっと見ているうちに、あれ、なにこれって、なにこのかたちって」

「あぁ、わかるかも」

　昼下がり、回答し終わったテスト用紙を裏返してぼうっとしているとき、ふと手のひらを見て、自分が生きていることがはっと不思議になることがあった。五本の指を持っていることや、爪の被さったところから渦巻く指紋、その下を巡る血管のかずかずを凝視しているうちに、なぜわたしはこのかたちをしているのだろうと、どくんと突きつけられたような気になった。それは時折訪れる淡く光る真っ白な時間だった。

　弟と過ごしていると、それと同じ淡い光が、ふと、射し込むのだった。

「お母さんとかには相談したの？」

「なにを？」

「子どもをつくろうと考えていますって」

「なんで？」

　なんでって、なんで？

「にんげんがなんのためにうまれたのかはわからないままだけど、両親がなんのためにわたしたちを作ったのかはわかるじゃん」

「ほんとうに？」

声が、遠くから聞こえる。弟はそばにいるのに。落ち着かなくて、顔を撫でようとしたら指が唇に触れた。しょっぱくて、なぜか涙が出そうになる。

「みんなそうしているからとか、親を喜ばせたいとか、そういう打算があって、うまれたんじゃないかって思う。いきものをおなかのなかで育ててみたい、とか、わたしたちのことを見てみたい、とか、そういうわけのわからない欲求じゃなくてさ。なんていうんだろう、ふつうってすごい、大きな力をもっている気がする」

ばしゃん、と向かいからバタフライのしぶきが飛んできて、弟にあたった。つるつるとシリコン製のキャップを滑り落ちる水が、そのまま肉厚の瞼と鼻筋を伝う。一粒のしずくが硬く結んだ唇をなぞると、それは静かにひらいた。

「ふたりにしかわからないでしょ」

弟と結婚したひととは、一度だけ会った。ぴかぴかに磨き上げられた宝石の美しさじゃなくて、なんだろう、山頂からの風景とか、薄氷の湖面から立ち昇る白い靄《もや》、今にもひらこうとする野草のつぼみ、朝露に濡れた鳥の巣。そういうのを見ているときの気持ちによく似ている。わたしは手のひらをきつく握る。毎朝、オフィスでパソコンを立ち上げるわたしを出迎えてくれる、初期設定の壁紙のような、だれしもを不快にさせない風景に苛立つのはひどく疲れる。

このひとと弟がおんなじお墓に入ることができるのに、変だ。わたしのほうがよっぽど近いのに。なんでこのひとと赤ちゃんつくったんだろう。変だ。わたしのほうがずっとそばにいたのに。うまれたときから。うまれてくるずっと前から。

わたしのほうがずっと。

なんなんだろう、どこからやってきたんだろうあのひと。なにもしらないくせに。白い靄に、野草のつぼみに、鳥の巣に、赤いペンで、二本の線をひいて、そうしたら世界はまるくやさしく守られて安心する、わたしの手は雲をつまめそうなほど大きくていやになる。ずるい。どこかにいって。もう二度と笑ったりしないで。

「苦しそう」

テレビで見た、いるかの出産シーン。身体から、ちいさな尾ひれがのぞいている。仲間のいるかが落ち着きなく旋回する。背びれが出た。無理だよ、痛くないの。血がたくさん出ているよ。

「なんでこんなことするの」

弟がぽつりとつぶやく。わたしは手を握って、うんと頷く。二人でポケモンのゲームをする。

「わたしたちも、たまごからうまれたのかな」

うん、きっとそうだと思う。見つめ合いながら同じベッドで眠る。土曜日はお母さんの運転する車でスウィミングスクールに行く。お父さんは仕事が忙しくて今日も家にいない。ふたりとも、なんのために生きているのかよくわからない。幸せってきいたら幸せって返ってくる。わたしはそれになるのが怖い。

「いるかになっちゃった」

プールの二階にある救護室で弟と話をきいた。赤ちゃんを産むための準備なんだって。おなかのなかにベッドがあるって言われて、子ども部屋の天井を思い浮かべた。すっきりと青い空。この日から、弟はプールに来なくなった。

「すごい、わにいるかだ」

弟が、ぴょんと跳ねた。

上級者用レーンで背泳ぎをしているひとのスウィミングウェアに、わにいるかがでかでかとプリントされている。ライセンスの許諾をした覚えがないから、ネットで拾った画像を引き伸ばしてつくった模倣品かもしれない。笑ってしまう。

「待って」

プールの青い底を這って隣のレーンへ移動する。クロールで追う。腕を思いきり回し、息継ぎをせず水を掻く。耳の穴が水の膜でふさがると、自分の心臓の音だけがとくとくと全身を包み込む。そう遠くない場所に、わにいるかがいた。全身がつるんとしている。黒目だけのぽわん、とした目。わにのようで、いるかのようで、でもどちらでもない。まさぐってもどこにも穴がない。

きみはほんとうにやさしいね。

交尾したいとか思う？　思わないよね。わたしが思わないんだから思わない。じゃあおなかが膨らんでいったらどうする？

大丈夫だよ。守ってあげる。ふえなくていい。働かなくていい。今日はいくつ貝殻拾えるかなって、それだけ考えていたらいい。ふえたらだめだよ。苦しくて、悲しくなっちゃう。苦しいのがふつうなんだよ。わたしたちの世界って。ふつうを求めるほど息苦しい。知らないよね。知らないままでいてね。きみだけは、ずっとかわいいままでいてね。

きれいな目。

わたしによく似ている。

帰りのバス、スーツを着た男性が、すっと席を譲ってくれた。手を貸して弟を座らせる。つり革を摑むわたしの、ちょうどおなかにきた弟の頭を、そっと撫でる。

「なんか、懐かしい」

窓の外で木々がざわめく。

「懐かしい」

弟はちいさな反復をする。

「お姉ちゃんと、プールで泳いでいるとき、心地よかった。お互いが水色になっていくっていうか、見えなくなっていくのに、わかる部分がふえてゆくみたいで。信じることができる、おなかのなかで、ひとつのたまごだったって」

その言葉をきいた瞬間、喉の奥から迫《せ》り上がるものがあった。たまごボーロの粉っぽくまろやかな味。目の前が白く霞む。

弟の左眼に、薄いみどりいろのめやにがついている、瞳のまんなかに嵐があって、膝の上を駆けてゆく、もう追いつくことができない。撫でる。撫で続ける。産毛の生えた額。たまごみたい。光る殻を砕いてなかに入りたい。さざめく透明にかき混ぜられて、ひとつになって消えてしまいたい。たまご。弟のかたちのたまご。ふくらんだおなかのところからひびわれて、わたしと弟によく似たひとつのいきものがうまれる。それはふえたりしない。きっと川で暮らす。

生殖する光

拍手をされている気分だ。

「破壊しているんですよね」

「はい」

「光で」

「はい、そうです」

「あまり、実感がありませんか？」

「いや、実感しています。もう、あんまり生えなくなってきて、まばらです、かみそりを使う回数も減ってきています」

「ほかに気になる箇所はありますか？」

「いえ、とくに」

パチ、パチと、光が身体のうえを滑ってゆく、小部屋は明滅する、開かれた先でわたしはいくつもの惑星の死を受け入れる、色のない針で纏《まつ》られた痛みが、透明なライターで炙《あぶ》られた熱が、砕ける、毛穴の奥で爆《は》ぜる。もっと、燃やしてください。そう言いながら手を握ってもらう。わたしより随分小さい手だった。そのことをさっきまで知らないでいた。三十分ほどで施術は終わり、サングラスを外される。明るいのでゆっくり目を開けてくださいね、とやさしく言われたのでそうする。隣室の光が漏れ出す天井、わざとゆっくり瞬きをして、明るさに追いつこうとする。

着替えが済みましたらロビーへお戻りください、と言い残し、エステティシャンは小部屋から出ていった。むくりと起き上がり、下着が入ったロッカーの扉を開く。鍵穴のすぐ裏にささやかな鏡がある。藍色の紙パンツを脱ぐと、性器に触れていた部分が濡れているのがわかった。また、身体から水がこぼれた。

水

ばかな水

笑われるためにそこにあるの

浄水場のトイレに設置されたミラーにはいつも歯磨き粉の飛沫が飛んでいる、その中のひとつがもぞもぞと動き出す、反射した顔をかけずり回る白い粒、身体は小さいけれどきちんと触覚がある。鼻の下にくすんだ産毛が生えていた、淡い溝、いつからか、こういう身体だ。心はまるで昂《たかぶ》らない、何かをいれたいとも思わない。二個ある個室のうち、奥の方に入る。立ったまま、タイツと下着の間に指を入れ、膝に向かっておろす。便座に座ると、その拍子にさあさあと水がこぼれ落ちた。月に一度、膣から透明な水が溢れて止まらなくなる。わたしはそれを生理と呼んでいる。膝と膝の間にかかった下着から、白いシートを剝《は》がす。経血を吸うナプキンではなく、尿漏れパッドにしている。はじめの頃はナプキンを使用していたけれど、さらさらした液体には適していないらしく横漏れするので、こちらに変えた。

生理が来るたびに、キミちゃんとの会話を思い出す。高校生の頃、性の神さまと呼ばれていた彼女は、保健室の先生よりも、家族よりも、気軽に相談ができる存在だった。

「キミちゃん」

クラスの全員から、苗字にさん付けで呼ばれているわたしでも、キミちゃんのことだけはちゃん付けで呼ぶことができた。

「わたし、生理の時、お腹痛くなったり、イライラしたりしないんだ。でもこの前、生理はひとそれぞれちがうって、キミちゃん言ってたよね」

「うん」

「キミちゃんは、生理のときに出てくる血って何色？」

「赤色」

「へえー、赤なんだ」

「赤しかないでしょ」

「でも、ナプキンのCMとか、青いじゃん」

「あれは赤だとグロいからでしょ。配慮だよ配慮」

「配慮かあ」

「青い血が出てるんだったら、病院に行った方がいいと思うよ」

キミちゃんはそう言ってくれたけど、二十四歳になった今でも産婦人科は未受診のままだ。この水はなんなのだろう。これは一体、どういう意味があるのだろう。問いかけたところで水からの返事はない。尿道から排泄をして流す。排泄物を押し流してくれるこの水も、わたしたちがつくりだしたものだ。わたしがつくりだし、浄化され、やがてまたここに戻ってくる。

下着、ブラトップの薄いインナー、ヒートテック、ニット素材のタイツ、ニット。こだわりをもって、肌のうえに衣類をふたたび重ねてゆく。タイツの締め付けを、インナーで緩和するところがポイントで、それと同時に、ヒートテックがめくりあがるのを防止する。順番を間違えると、しゃがんだ時に背中の隙間が冷たくなるから、気をつける。

浄水場に配属されてよかった。一緒に面接を受けた火口《ひぐち》さんは焼却場に行くことになったから、火口さんが火口さんでよかった。きっと、火口さんが、水口《みずぐち》さんだったら、逆の配属になっていた気がする。

「奈世《なよ》さん」

振り向くと、今日もやまなべさんがいた。水色の作業着の襟元から、薄紫のハイネックが覗いている。眉毛よりだいぶ下のところで左右に分かれている前髪は、孵化《ふか》したての甲虫《こうちゅう》の羽みたいで、だからといってあとはそうでもない。そんなに虫ではない。

「一緒に行こうか」

「はい」

ヘルメットのベルトを顎下で留めながらやまなべさんの後ろをついていって、施設内の点検をはじめる。夜勤のうちださんから引き継いで、これから十七時十五分の終礼まではわたしたちの時間だ。タブレットに、施設内のマップや、検査項目がすべてインプットされている。そのとおりに動けばよい。ぽつんと現れる地下鉄の入り口のような階段を下り、排水処理棟へと向かう。明るいトンネルの中に、薄緑のペンキで塗られた身長より高いパイプ、ポンプのモーター、送風機などが押し込められている。腕を振り上げて、よし、と思ったところに、よし、と指差し確認をしながら歩く。よし、よし、というのは、ちょっと照れくさいけど楽しい。そういうマシーンになりたい。よし、よしって、わたしも言われたい。やまなべさんにも言ってあげたい。

「わたし、もう少し水の様子見てから、かえります」

「はーい」

階段を駆け上がり、屋外の貯水池へと向かう、大きなプールがいくつも連なっている、水槽と水槽の間の、黄土色の柵で囲われた細い通路に寝転がる。耳が隠れない長さで切りそろえた髪、剝き出しのうなじが、かすかにあたたまったコンクリートの熱を吸い取る、突端からこぼれた水が尻の割れ目を伝って、背中まで届くんじゃないかと思う。皮と肉が反転しそうなほど思い切り水の匂いを吸い込む。細胞はぬかるみ浸潤してゆく。原水の近くは、まだ浄化されていない川の気配が色濃くて、それでいてもう形がかわることがない、たたえている。静かだ、ここよりも静かな場所をわたしは知らない、たぶん無い。羽虫が飛んでいる、さっき、やまなべさんのこと、虫みたいと思ったけど、失礼だったかな。わたしは虫が好きだけど、やまなべさんは苦手かもしれないし、いつだって気がつくのは少し後になってからだ。どこまでも青く張りつめた水面をそのままコピーしたような空に、月が見える。真っ白い。手のひらをかざす。パチ、と口で言っても消えたりしないでそこにある。

爪から肉のほうへわざとはみ出すように塗る。とろりとしたポリッシュ。石鹸水に煮えたバターを溶かしたようなブルー。そこに彗星を砕いたような繊細なラメが沈んでいる。

「お風呂沸いたよ」

「うん」

「はやく入りなよ」

「あとちょっと」

ソファにうつ伏せで寝転がりバタ足をしていると、シンクで洗い物をしている兄の視線を感じた。べつに、することがなくて、だらけているわけではない。ネイルは、内側まで乾燥するのに時間がかかる、だから動けないの、わかって。

脱衣所でシームレス、と内側に印字された肌色の下着を脱ぐ、ごく薄い布地、皮膚との段差もなく、なめらかに接続されている。撫でていると、練りたてのみずみずしいあんを包んだ求肥《ぎゅうひ》のようで、飽きない。境目を、このまま研磨し続けたら、穴もなく、割れ目もなく、出たり入ったりすることのない身体に仕上がるのかもしれない。べりり、とシートを剥がしてゴミ箱に落とし、まだ生ぬるい兄の衣類のうえに下着を放る。ふす、と音を立てて層になる、なんだかそれだけで満足する。蛇腹になった扉を開けると、浴室の小部屋は水蒸気の粒で満ち満ちていて、浴槽のなかに兄がいた。座椅子と、全身に軽くシャワーを当てる、頭髪をシャンプーで洗いながら、今が一番似ているような気がした。形は異なるのに、まるで同じ色をしている、色数の少ないガチャガチャのフィギュアみたいに、背びれの色を瞳の色で賄《まかな》うみたいに、髪の毛の色も、まつげの色も、シミの色も、乳首の色も、舌の色も、膝の黒ずみも、顎の下に落ちる影の色も、差がいまひとつはっきりしない。

硬く冷えたリンスを両手に塗り広げる、ミラー越しに頬が、光っていた。カステラのざらめのように、もしくはハムの脂、生乾きの接着剤、高校生のとき顕微鏡でのぞいた饐《す》えた匂いのするアロエのように。兄の頬には、神様がぱらぱらと砂浜に宝物を隠すように、透明なセルが埋まっていて、わたしはそれが羨ましかった。少し陥没したいびつな四角が、鼻翼のあたりまで散らばっている。せいぜい、皮膚のうえの現象なんて、ニキビとかイボとか粉瘤《ふんりゅう》とか、そんな程度だと思っていた。でも、兄の頬は透けている。兄だけ透けている。

「あげるのに、奈世ちゃんに」

「どうやって?」

「どうしたらいいかな」

「移植手術するとか。ほっぺたの部分だけ、切り取って交換する」

「痛そう」

ぬうと浴槽から手が伸び、わたしの頬に触れる。そんなんじゃ、コピーできないよ。お兄ちゃん。だからふえたらいいと思うよ、わたしたち。お兄ちゃん。太もものうえに置いたままのシャワー、湯がじゅうじゅうと子宮に向かって溢れ出す。どうしてふえてしまうんだろう、わたしたち。頬から兄の手を剝がし、自分の手のひらと重ね合わせる。

「お兄ちゃんの手、手のひらまでしわしわになってる」

「ほんとだ」

「いままで気がつかなかった」

「誰かとすり替わったのかも」

「今日からそうなったのかも」

わたしは指先だけふやけていて、わらう、歯石がついている、乳歯のように小さい歯、あの銀色の槍で、削り取ってあげたい。

「兄妹が、なんで似ているのか百五十年前まで誰も説明できなかった」

「へえ」

「DNAが見つかって、受け継がれているのはそこなんだって、ようやくわかったんだ」

わたしたちは似ている、わたしは兄を、兄はわたしを真似るように存在している。わたしと兄は、わたしたちふたりの間にうまれた子どものように思える。

「おれたちの遺伝子って、どうなっているんだろうね」

ぷく、と頬の肉が盛り上がり、三日月のかたちに押しつぶされる目。どうでもいい、どうなっていてもいい。わたしたちは、わたしたちのようで、わたしたちではないいきもので、日々そのことをわかり合おうとしている。目が覚めたら、その口で何を語るんだろう。水が燃える時の温度や、カモシカとグッピーの呼吸の違い、ハエトリグサが水をすう仕組み、すべての生物は遺伝子を残すために行動している。濃い緑の黒板の前、兄のぱりっとしたシャツの輪郭の白さが際立つのだろう。眩《まばゆ》くて、きもちがわるい。

「奈世、おいで」

バスタオルで水気をぬぐい、寝巻きを着て兄の隣に座る。やわらかい匂いが吸い付くようにまぶたに寄り添い、ぽつぽつと水滴が落ちるように重みを増してゆく。テレビには、すでにDVDが入っている。プレビューの小窓に、わたしたちが座っているものと、まったく同じソファが映っていた。ラップのうえから再生ボタンを押し込むと、画面の外からもうひとり現れ、尻からソファに座る。ふたりは、話し出す。

竹生《たけお》さん、奈世さん。こんにちは。わたしたちは、あなたたちの親です。わたしたちは、あなたたちのことが、光り輝いて見えます。きらきら、ちかちか、ひかひかしています。それはほんとうにそうなのです。そして、あなたたちも、お互いのことが、川より、炎より、月光より、しろくまばゆく見えているでしょう。

それは、あなたたちが光の帯だからです。あなたたちの身体が光の粒からできているからです。

わたしたちは、性器でのコミュニケーションや、妊娠、出産から解放された、理性的な いきものです。これまで、わたしたちがあたりまえに奪われてきたものを、取り戻してください。ありとあらゆるものとふえてゆく喜びを、ひたすらに抱きしめてください。

映像が終わると、兄は洗面台へ向かった。ぶおぉ、とこもったドライヤーの音が聴こえる。足の親指の爪を撫でる。わたしたちは、生殖ができる光だ。人間の形をしていて、それでいて、人間とふえることができない。物心ついた頃から、何度も繰り返し、このビデオを見た。わたしは、警戒心の強い子どもだった。なにかを奪われないように、常に気を張っていた。両親が残してくれたノートをめくる。わたしたちのために、というよりは、自分で理解するための言葉の集積だ。

方法

1、身体を重ねる。はだかである必要はない
2、つむじからつまさきまで相手の身体と重ね合わせる。洗車みたいに、相手の身体のうえを流れてゆくイメージ
3、完全にすれ違ったら、ふたりの間に光がうまれる。光はわかりやすい生命のかたちに姿を変える

前提
人間とふえることはできない。
何回か試したけど無理だった。人工授精も無理。光の帯同士でふえてゆくしかない。

麵棒で平たくしたパイ生地のようにかわいい字だった、わたしとは、気が合わなそうだけど、親子だったらそれなりにうまくやっていけただろうと思わせるなにかがあった。ビデオを見るよりも、字の形をなぞっているほうがずっと、そばに感じる。ふたりの存在を。わたしは会ったことがない。〇〇と〇〇に。わたしを産んだあと、この家を残してふたりは消えてしまったらしい。わたしたちは、〇〇と〇〇の友人に育てられた。それは熱心なサークル活動のようだった。あらゆるひとびとが代わる代わる訪れ、世話をしてくれた。みんな前向

きで、感動しやすいひとたちだった。

「お兄ちゃんにも塗ってあげる」

「やった」

「金曜日だからね」

ソファのうえで、向かい合う。兄の右手を、自分の左膝の皿にのせる。兄の爪は、艶のないマットな質感で、わたしの爪とは異なっている。ほこりが混ざらないように、表面を撫でる、めんまのように縦に筋が入っている。

「すごい上手」

「お店ひらこうかな」

「いいじゃん。爪屋さん」

ハケを往復させるたび、わたしたちの爪の色が近づいてゆく。ムラがなく、均等に仕上がる。

「このまま、学校にも塗っていきたいけど」

「だめなんだっけ」

「いや、塗っているひともいるけど。いろんなひとから、いろいろ言われてるみたい」

「いろいろって？」

「自覚が足りない、とか」

自覚、というのはつまり、自分は人間でいてはいけないと、わきまえること？　自分はひとを導く存在だと、驕《おご》り高ぶること？

「さらさらしたい」

「うん」

「もっとさらさらしたい」

「うん」

「人間って、たぶん、教師に向いていないと思うんだよ。使命感とか、愛があればあるほど苦しいから、お互いに。だから川とか石とか、カーテンとか、そんな感じにさらさらしたい」

わたしは頷いた。

「それか、身体が丸で、目が点で、つくりの甘い、ちいさくて、やわらかい、まるいやつ。触覚とか生えていてもいい、そのさきに白いぽんぽんがついてるような」

「うん、それの目は点であるべきだね」

「耳があるとしたら、それはすりガラスみたいなこなっぽさで、お花とか雲みたいにもくもくしているべきだね」

「しっぽがあるとしたら、それはオーロラとかマカロニとかマジックハンドのように伸び縮みするべきだね」

いいね、と笑う。兄の生ぬるい吐息が頬にかかる。細い貝殻をひっくり返したようなへんなにおいがして、でもそう思うだけだ。二度塗りするまで、しばらく動いたらだめだよ。そう言いつけると、兄は水色の爪を両膝に置いて、なぜか正座をした。

「ただしくなりたい」

「うん」

「わからない、ただしさとかやさしさとか、手を伸ばそうとすると、いくつにも分裂してゆくようで、一生手に入らないんじゃないかって、苦しい。でも諦めたくはない。おれがそれを放棄して、無神経に放った言葉で、傷ついた相手のほうが、ずっとずっと苦しいはずだから」

わたしは、まだ見たことがない。兄が手に入れようとしているものを。それはうまれたての緑みたいな、ふかふかした芝生を、転がってゆくビー玉を追いかけるようなもの。昨日と今日でまったく異なるもの。だけどみんなが力を合わせて存在させようとしているもの。

「教師になって、一年目だった。まだ頑張って毎日一時間前とかに着くようにしていた。褒められたいというよりは、至らないことを、時間を犠牲にすることで、償っているような気持ちだった。まだだれもいない駐車場に車を停めて昇降口に向かうとき、次の授業へと向かう廊下、放課後の教室、部活中の体育館、購買の自販機の前。いつも同じ、一人の生徒とすれ違う、そしておはようって、そのたびにあいさつを交わす。そういう方針だったから、欠かさなかった」

エアコンの羽が開閉する音が聴こえる。とぽん、とシンクに水滴が落ちる。

「放課後、ほかの先生が部活でいなくなると、準備室にその子が入ってきて、ふたりきりになった、窓の外をテニス部の生徒が歩いていて、隕石よりは宇宙人じゃない、なんて声が聞こえて、どうしたの？　って声をかけると、わたしのこと好きなんじゃないんですかって、今にも泣き出しそうに怒っていて、雨が降っているかどうかを、手のひらを仰向けにして確かめるみたいに、疑いもなく、シャツのボタンを外した」

「なにそれ」

「はじめて会話をした。クラスとか、部活とか、名前とか、知らなかったから、教えてもらって、そうしたら、もうすれ違うことはなくなった。でも、その子だけじゃないんだ。みんな、あまりにもじっと見てくるから、ためらいがないから」

無意識に爪を撫でていた、安心する手触りがあった。

「学年主任の先生に相談したら、一蹴されたよ。告白されちゃうなんて二流だね。生徒は先生に恋をしてしまういきものなんだよ」

だとしたら、教師と生徒として、兄と出会わなくてよかった。兄に恋をしないいきものとしてうまれることができてよかった。ソファのうえ、四本並んだ足の毛を撫でる、わたしも兄も同じくらい毛が生えている、さらさらしている。さらさらを感じると、これ以上なにも湧き上がるものがなくて、うれしいから、もっと触ってしまう。もっともっと、さらさらしたい。さらさらしたい、川とか石とか、カーテンになって、兄とふえてゆきたい。性器のない、丸とか点とかだけで構成された身体になって、兄とセックスがしたい。

兄
内側で光らせてくれた
奪われるためにそこにあるの

竹生、という名前の、わたしよりちょうど四年だけ長く生きた肉体を持つひと。わたしと共通の両親からうまれたひと。いま交流のある肉体で唯一生殖ができるひと。

「お粥食べに行こう」

珍しく兄は早起きだった。スタンドカラーのシャツの下にタートルネックを仕込み、太めのシルエットのデニム、カーキ色のコート。最近、メルカリで値下げ交渉せずに買ったというベージュのスニーカーを履いていた。

「やさしいひとで、最高だった。買いますってコメントしたら、竹さま専用って、文字が入った画像まで作ってくれて、その背景をわざわざ竹林にしてくれた、探してくれたのかな」

気づかい、と兄は言った。社会人になるまで耳にしたことのなかった言葉だ。前の職場は、それがわからなくてやめた。途中からあえて反発するようになっていたから、わからないのはそれをする理由だった。

「学校で、どんな話をするの」

「絶対なのは方言の話。のっくむ、とか他県のひとは言わないんだよっていうと、みんなえー！　てなるの、おもしろい。でも高三だと通用しない、あいつらは現実を知っている」

隣駅の中華料理屋は混み合っていた。外のベンチならすぐに案内できますけど、とぶっきらぼうに言われ、肉体を休息させる誘惑に負けて着席したら、思った以上に吹きさらしで、乾いた風が踊るように体温を奪っていった。ぐうんと頭蓋と頭蓋をくっつけるように、赤くて小さい机でめくる、額に熱はない、パリパリと開くたび音のするメニュー、帆立の貝柱とモツ、どっちがいいかな。いや、ツブ貝もいいな。奈世ちゃんは？　なにがいい？

「わたしたちの存在が広く知られていないのって、なんでなんだろう。光の帯ってワードで調べても、都市伝説っていうか、ツチノコとかネッシーみたいな扱いじゃん」

「みんなには、見分けがつかないみたいだからね。人間ドックとか行っても異常ないし」

「わたしたちは〇〇と〇〇が、ビデオを残してくれたから光の帯っていう存在を知ることができて、家の中にいるお兄ちゃんが、ありえないくらいきらきら光っていたから、あぁ本当なんだって思えたけど」

コト、と深いお椀がふたつ置かれた。湯気も、炊きたての米も、溢れそうな汁も、みんな真っ白な湖畔のようだ、ぷかぷかと浮かんでいるボートのような麩《ふ》を転覆させる。れんげでほじると、湖の底からモツがごろごろ出てきた。

「帯だって気がつかないまま暮らしているひともたくさんいるんだろうね」

「子どもを作ろうと思わなければ、人間となんらかかわりないもん」

「子どもを作ろうと思わなければ、人間のままいられるってこと?」

「べつにいまも、人間だと思うけど」

中身が無いのに、れんげを口から離せない。そのままがりがり前歯を立てると、プラスチックのあまりにも軽い感触にめまいがした。

「お兄ちゃんは、人間でいたいの?」

「どうだろう」

兄は、うつむいた。

「結婚しないの、とか言われない？」

「言われる。教員って出会いないよって、脅される。実際、出会いないし」

「アプリとかはじめないの」

「顔バレしてるから、なかなか難しいよ。すぐ噂になるだろうし、生徒とマッチングしたら、立ち直れないかも」

「たしかに、泣きたくなる、それは」

「それに、生徒から言われることが一番多いかな。先生彼女いるんですかーって。でもこの前、そうやって飛んできた声に、恋人って言おうよって、呼びかけてくれた子がいて」

「へえ」

「なんかうれしかった。でも、おれ、仲のいいひと以外から恋愛の話されると、ぼんやりしちゃう。一人だけ水中にいるみたいに動きが鈍くなって、なんで急にそんな話になったんだろうって、声が遅れてきこえる」

「わたしもそうだよ、恋愛って、いまだによくわからない。なんていうの。人生のなかに、急に現れたような感じがする」

むずかしい、と言いながら兄の器の粥を奪う。見た目は同じ白なのに、貝のだしが効いていて、まったく別の味がした。

「奈世は？　いいひととか、いないの」

「いいひとならいるよ、恋愛関係になりたいって意味ならいないけど、添い遂げたいひとって意味ならいる」

吸い殻入れに貼られたパンダのステッカーと目があった。肉まんを手に持って、にっこりと歯を見せている。本物のパンダって、まだ見たことがない。最近見たパンダは、人工授精が開始された、というテロップの下敷きになったテレビの中のパンダだ。机の下で、スニーカーとスニーカーのつま先がまっすぐ触れ合っている。内側の爪は同じ色をしている。そのことを、だれも知らないのに、わたしたちのことを、家に帰ったらセックスをするものだと、誰もが思っている。そのことが、恐ろしい。白い木の扉にきりきりと爪を立てるように、爪と肉の間に逆剝《さかむ》けた木片が入り込むように、だれかひとりにでも、そう思われてしまうことが、どうしてこんなにもやりきれないのか、よくわからない。

「わたしずっとこのままがいい、こういうふうに、穏やかなのがいい」

「うん、おれもそう思う」

兄はわたしの目を見て頷いた。眩しくて、安心する。かわりようがないということに。手のひらで自分の肩をそっと撫でる。背骨のにおい、かすかに曲がった鼻柱、穴に向かうにつれ粒立つ肌の流れ、もう生き返ることのない小指の足の爪。すべてが風景のようにまぶたのうえを流れてゆく。たまに親子になろうとする。鏡合わせのように暮らす。三歳児のように永遠を誓う。

「虫捕り網ほしぃな」「何かを捕まえたい」そう言いながら、兄は河川敷を走った。ガラス越しに見えた店内のテレビでは録画されたアニメが流れていた、ちょうど水面に浮かんだ月光に飛び込んで、おじゃる丸が月に帰ってゆくところだった。むかし、電ボになりたかった。翅《はね》を手に入れたら、そう思うだけで世界が圧縮される感じがした。山と山の間隙、学校と家の時間、わたしと月の距離。うん、でも月には帰らないよ。Twitterで拡散しようと思って民家のみかんの木をスマホで撮ったら、二階からやめてね、と声が降ってきてぎゅっとなる。散る。放射線状に。

向かいの車窓に映るふたりはよく似ていた。何が似ているのかよくわからなかった。ふたりの間に光が見えた、それは赤ん坊のかたちに姿を変えた。兄が、わたしたちの子を抱く、頬は透けてきらきらしている。わたしのような、兄のような子を腕に抱きながら、愛おしそうに指の背で頬を撫でる、川のように、石のように、カーテンのように、ゆらめきながら兄はだんだんと大きくなってゆく、お兄ちゃん、声に出すと、わたしは光になり赤ん坊の頬に吸い込まれてゆく。駅のホームに流れ込むと、向かいに映っていたわたしたちは消えた。兄の顔に目をやり、そして自分の顔を見ようとした。やはり、なにが似ているのかよくわからなかった。

お昼休みは、やまなべさんと一緒に食べることが多い。手作りだというお弁当は、毎回色の異なるチューリップ柄のバンダナでくるまれていて、かわいい。おかずもいつもぎっしり詰まっている。なかでも里芋の煮物はすこしシャキシャキ感が残っていそうで、美味しそう。やまなべさんは、ありとあらゆる持ち物に、キーホルダーをつけているから好きだ。透明な樹脂で満たされた円柱のなかに、不透明に積み上げられたスカイツリーが沈んでいる。白とブルーの三ミリ程度の太さのひもが、絡み合って太い一本になり、スマートフォンケースの穴に引っかけられている。

「キーホルダー好きなんですか」

「なんとなく……」

「なんとなくですか」

「買わないといけないような気がして、買っちゃうんだ。それで、つけないといけないような気がして、つけちゃう」

「なんか、お土産とかって、買うためだけにあるじゃないですか。それで終わりっていうか。そのあと、ちゃんと使ってあげるなんて、すごいやさしいですね」

やまなべさんは、ゆっくりとハイネックを折り直した。

「サービスエリアとかにあるお土産屋さんにいると、すごく悲しくなったりしない？　かわいいものってなんだかすごくさみしいし、胸がしくしくって締め付けられる」

「わかります」

「あきらかに、愛が足りないぬいぐるみとか、キーホルダーが、売っているのを見つけたとき、怒りに蓋をしようと愛おしさが込み上げてくる。この布と綿に、ビーズの目をくりつけようとおもったやつがゆるせなくって、ただの富士山なら、まりもなら、餃子なら、ここまで悲しくなったりしなかったのにって。なんだろう、同情でもしているつもりなのかな」

タイミングよく相槌を打つために、まだ歯ごたえのある米粒を飲み込んでしまい、悔しさが溢れた。わたしはコンビニで買ったシーチキンのおにぎりを、そのたったひとつを、時間を掛けてゆっくり食べる。開運！なんでも鑑定団の出演者のように、信じられないくらい、高価なものを扱う手付きでフィルムを剝がし、ちぎれないようにのりを巻く。浄水場の仕事は楽だ。毎日同じことの繰り返しで、ストレスがない。浄化する水がなくなるまで、ずっとこのままでいい。それに奨学金だけではなく、脱毛のローンも、まだ二十万円ほど残っている。脇と性器のみ脱毛をする契約だった。うまれたままの身体を取り戻したいだけなのに、ずいぶん高くついたなと思う。それ以外の箇所は、自分でも剃ることをしない。そのほうが落ち着くし、わたしの思ういきもののかたちに近い。

監視室のモニターにはこの辺一帯の地名がずらりと表示されていて、どの地域に、どれくらいの水量が供給されているのかひと目でわかるようになっている。許可を得て資格の勉強をしているひともいるけれど、わたしはいまのところ背伸びはしない。魚類監視装置という、めだかの生体を用いて水質検査するマシーンがあって、それを見ているのが結局一番いい。ふたつのカメラで正面と側面から監視して、めだかの動きに異常があるとアラームが鳴る。えさやりもわたしが責任をもって行っている。

「そういやさ、この前の金曜日、熱帯魚屋さんの前を歩いていたりした？」

「いや、ずっと家にいました」

「そっか」と特に落胆するでもなくやまなべさんは答えた。

「じゃああのひとは、奈世さんじゃなかったんだ」

「え？」

「ぼくんちの近くに、熱帯魚屋さんがあるんだ。入り口のところにアロワナの水槽が置いてあって、そのそばに奈世さんっぽい雰囲気のひとがいたから。話しかけようとしたけど、間違っていたらいやだったから」

へえ、というと、うんと返ってきた。

「それって、本当にわたしじゃなかったんですかね」

「だって、歩いてないんでしょ」

そうですよね、と頷きながら、わたしは架空の地図上で、わたしの知らないわたしのことを探した。どこか見知らぬ町で、わたしの知らないわたしが、冷えたマグ・カップを手に持ち、なめらかな湯を求め、フローリングのうえを歩いている。わたしの知らないわたしがいる、男性と一緒に暮らしている、セックスをしている、毛の生えた性器に知らない男の性器が突き刺さっている。わたしの知らないわたしがいる、わたしとキスをしている、わたしの子を妊娠している、そろいの指輪をつけている。わたしの知らないわたしがいる、くちばしの欠けた鳥と暮らしている、唾液を飲んでいる、卵をあたためている。わたしがいる、窓に反射している、兄と暮らしている、ただ暮らしている。


〈いつもの場所にいるから〉

〈わかった〉

夜勤明けの昼過ぎ、兄からのＬＩＮＥを既読にすると、ようやく一日が動き出す。シャワーを浴びようとする。するだけだ。遅刻するぎりぎりになってようやく脱衣所へと向かう。装飾のない下着を脱ぐと、ねとついている。生卵を割ったとき、どうしても混ざりきらない、あの白い部分。それがのっている。ぶにんぶにんしている。兄が洗濯当番の日だったので、ティッシュペーパーでそれを拭う。ぱりぱりに乾燥して、もう手遅れのときもある。髪の毛を洗うのは早々に諦めた。生え際から下にシャワーを当て、タオルで水気を拭うと、しわのないあたたかな衣服に着替える。今日はズボンの気分、幼稚園の頃からずっとそう。だとしたら、中高の六年間は、ずっと気分じゃなかったってことになるのかもしれない。そう思うとちょっとだけ悲しい。どこにいても、なにをしていても、わたしはいつもちょっとだけ悲しい。

日焼け止めを塗りながら、家から歩いて十五分ほどのところを流れている川へと向かう。頭上に高速道路が走っている。そこを通って、よくディズニーランドにいった。今思うと恵まれていた。カザン、という四十代くらいの人物が一番よくしてくれた。薄さが似ている、となんどもあばらのあたりを撫でられた。往復されて、その間はひょうたんでできた、なぞられるためのそういう楽器だった。役所とのやりとりはたいていカザンがやってくれていた。だからなんとか、福祉のサービスを受けることができた。カザンの爪はいつもきれい。砂みたい、うるうると小石のうえを転げてゆく水みたい。だから撫でられるとき、皮膚の薄いこめかみ、髪の根がひっぱられて痛かったけど、なんにも言えなかった。透明を通って帰ろう、後部座席、買ったお土産を兄と見せ合う時間がずっと待ち遠しかった。通っているのが透明ではないのだと知ったときは、全身に降り注ぐ、あの甘くとろけるはちみつのような感覚が薄れるようでさみしかった。

長く緩やかな川沿いには、階段型の岸があり、そこをくだって水際に近づいたり、腰掛けたりした。今日はよく晴れていた。いつもの場所に兄はいた、いつもより眩しかった。

「水庭《みずにわ》さん、このひとが先生の妹の奈世」

紹介されたので、川に向かってお辞儀をする。

「それでこの方が水庭さん。東高校に通っている、二年生」

兄が指差す方を、じっと見つめる。水面に反射して揺れる光が眼球を透過する、それしか見ることができない。

「こんにちは」

声がする方にピントをあわせると、手と耳が見えた。あなたのＩＱがわかる、みたいな番組でよく出題されていた、風景の一部が徐々に変化するクイズ。川辺にいつの間にか人間が合成されていって、一度気がつくとさっきまで見つけられなかったことが信じられないくらい、はっきりとよく見えた。

光の帯だということは、すぐにわかった。

「こんにちは」

挨拶をしながら階段を下り、水庭さんの隣に座った。思ったよりも岸に近いところにふたりはいて、ぬるい藻と小魚の匂いが鼻先まで届いた。

「わたしたちって、人間なんですか」

水庭さんはわたしにきいた。

「わたしは、人間だって思うけど」

「ですよね。わたしもそう思います」

そう言って水庭さんは笑った。薄い唇の下に歯茎があって、すべての歯にワイヤーが通っている。犬歯のところに、あさつきがまっすぐ挟まっていた、でも口には出せなかった。

「グミ食べますか？」

「何味？」

「アソート。なにがでるかな」

手のひらを仰向けにしたまま待機していると、つん、と小さな三角形をのせてくれた。兄ももらっていた。

「わたしこの、舌が削れるやつが好きなんですよ」

「削れるのに？」

「削れるのがいいんですよ」

「たしかに、超美味しいよね」

「ほんと、おいしーです」

水庭さんは、シャカシャカと銀色のパッケージを楽しそうに振った。

「えっと、竹田《たけだ》先生に教えてもらいました。光の帯のこと」

指を折り数えるように言うので、それに合わせて、わたしも頷く。

「生物の授業のときだけ、やけに眩しいんです。雨の日でも、曇りの日でも、すっごいおおきな西日がまっすぐ射し込んでくるようで、とてもじゃないけど目を開けていられなかった。それで、サングラスをかけるようになって、なに、先生のことが眩しくて見てらんないの？好きなの？　恋なの？　なんてからかわれて、そうなのかなって思ったけど、枕元で目を閉じてもまったく浮かんでこなかったから、やっぱりそうじゃなくて、わたしの世界でだけ物理的に光ってるんだと思いました」

「お兄ちゃんは眩しくなかったの？」

「いや、すっごい眩しかったけど、板書するときは背中向けてるから、なんとか」

「先生はいつも、前髪長いし、うつむきがちだから平気なんじゃないですか」

無邪気な指摘に傷ついたらしい兄は、そうだね、とばつが悪そうな声をだした。

「いま、お父さんとお母さんと暮らしていいます。ふたりは光っていないから、きっと人間なんだと思います。毎月七日が記念日なんです。なんの記念日かはわからないんだけど、記念と言いながら、みんなで全粒粉のクッキーを食べて、アルバムを見返す日になっていて、三人で手をつなぎながら洞窟を探検しているみたいな、特別な時間です。そういえばエコー写真とか見たことないなって思ったけど、けっこうずぼらな家庭なので特に気にしていませんでした」

喋り終えると、水庭さんはふう、と言って、しばらく黙った。三人で川の音を聴いた。

「わたし、子どもが産めないんですか」

「そんなことないよ。わたしたちは、光の帯同士、ふえてゆくことができる」

「いまはまだ、子どもをつくるとか、あんまり現実的じゃないけど。これから先、もし子どもがほしいなって思って、他の帯と出会えるのかも不安だし、そのひとのこと、好きになれなかったらどうしよう」

「水庭さんが、だれかのことを、どんなふうに好きになってゆくのか、それともだれのことも好きになることはないのか、まだわからないけど、わたしたちは同性とも異性とも子どもをつくることができて、友達同士で子どもを設けた帯もいる」

水庭さんはへえと言って、履いていたローファーをぽとりと一段下に落とした。

「うーん、でもなんか不安で」

「まあ、そうだよね」

「自分のこと、産むためだけの存在とも思わないけど、自分の好きなように産めないっていうのも、なんか嫌だなって思うし。結局、みんなと違うっていうのが、不安なんです。まったく一緒でも困るけど。子どもになんて名前つける？　みたいな、そういうノリにも、深く考えちゃって、ついていけない」

「ああ、わかるかも」

「みんな、光の帯だったらよかったのに」

うん、とわたしは言った。

「そうしたら、わたしはハムと暮らします。ハムは、もう三歳だから、もうすぐ生きていられなくなっちゃう。だから一緒に光になってふえる、ハムのいのちをふやすんです」

「それは無理なんじゃない。ふえたハムは、ハムと水庭さんの子孫で、ハムではないんじゃない」

「そっかあ」

「竹田先生は、どうしますか？」

水庭さんは、兄を見た。わたしも見た。川床を撫でるような目をしていた。

「おれはね、ちいさな島で暮らしたい。誰も知らない、誰も光っていない島。畑とか耕したり、浮き輪でぷかぷかしたりして、なんとなく暮らしたい。なるべく穏やかに死にたい」

「奈世さんは？」

「わたしは、どうだろう。本当に、ありとあらゆるものとふえていけるんだとしたら、たぶんちょっとこわい。だったら、だれともふえていけないほうがいい」

可能性の話だ、と水庭さんは言って、川に向かって石を投げた。

「自分のこと、宇宙人なんだって思ったら、悪くない気分です。でも育ちは地球だから、宇宙的な発想ができなくてへこみました。今は、受験勉強もしているけど、アンビリバボーとか、ムーとかを読んで研究しています。キャラを強くするのに、サングラスは成果を残せたと思っていて、今度はカチューシャを購入しようと考えています。触覚の先端に満月がぷらぷらってしてるやつ」

「メルカリがおすすめだよ。やさしいひとがいっぱいいるよ」

「家に届くと親にバレちゃうのでだめです」

そっか、と兄は照れ隠しのように、ごしごしと右目を擦った。

「じゃあ、一緒に買いに行こうよ。ドンキとかキデイランドとか」

そう微笑みかけると、水庭さんはあーと言った。塾だ、とも言って、白い自転車に乗って走り去っていった。風になる、くるぶし丈の靴下、背負っていたアネロのリュック、赤色の髪の毛をしたキャラクターのぬいぐるみ。

「奈世ちゃん、ありがとう」

「うん」

「入学式で、光っていたから」

「うん」

「わかってしまう」

「わたしたち、ふたりきりじゃないんだね」

兄は、わたしを見た。眩しいからではなく、笑いたくて、目を細めているような気がした。

「奈世はさ、光の帯だとわかったまま暮らすのと、わからないまま暮らすの、どちらが幸せだったと思う？」

「まだわかんない」

「おれ、許されようとしたかな？」

通りがかりの犬がワウと吠えた。尻尾が透けて見える犬だった。丸い石を探してから帰った。

浸け置きしておいた皿を水から取り出す。

「やっぱり、竹生さんときょうだいなんだ」

「はい」

「きみたちは、肌が似ているね」

「肌ですか」

「うん。なんか、顔つきはそこまで似ていないけど、光の反射具合っていうの、なんか質感が似ているような気がする。夏服のシャツになるとより際立つよ」

中学校の音楽の先生だった。ドクン、みたいな、心臓に似た名前だったような気がする。彼の伴奏は水に浮かぶシーツを踏み歩くようで心地よかった。オルガンが置かれているだけの小部屋で、課題曲を歌った。はじめて、だれかひとりのために歌った。

ケチャップを撫でる、マヨネーズが滑る。指の腹で皿を濯《すす》ぐ。

「先生、負けてごめんなさい」

ドクン、の膝のうえで、兄は震えていた。中学校最後の大会は町で一番大きなグラウンドで行われた。観客席からみると、レーンはコンビニで売っている卵焼きの断面で、選手はカラフルなピックに見えた。兄は長距離の選手で、予選では一位だった。最後の最後で追い抜かれて、白線を越えたときには二位だった。瞬間、過呼吸になり兄は倒れた。身体はわたしではない大人の男性に受け止められ、踏み潰されそうにやわらかいいきものだった、かげろうのようにはかなく揺れていた。わたしは、近寄ることもできずにその場に立ち尽くしていた。このまっすぐな感情は何なのだろう。どこから湧きあがるものなのだろう。その日、お兄ちゃんのたまごを冷蔵庫のなかに隠して殺した。カザンが買ってくれたたまごっち。わたしはブルーで、お兄ちゃんはイエロー。お兄ちゃんは一生懸命泣いていた。かわいそうだった。でもわたしのほうがかわいそうだとわたしだけは信じることができた。そもそも不満だった。ゲーム内には兄妹のキャラクターがいて、そのキャラ同士は、どれだけおやつをあげても、ハートのゲージを満杯にしても、恋人になることも、結婚することも、子どもを産むこともできなくて、へんだった。カザンにそれを言うと、ぎゅうと抱きしめて、頭をぽんぽんと撫でてくれた。きもちはうれしいけれど、たまとものままでいたい。とお互いに言うのだった。兄妹のくせに。

指の間を滝のように水が落ちる。泡が途切れる。わたしはいつだって矛盾している。恋人になりたいわけでも、夫婦になりたいわけでもない。乾いたタオルで皿を拭く。兄妹でいたい。一枚一枚棚にしまう。わたしたちにはそれができると思う。スプーンとフォークを引き戸の中に寝かす。兄とだけふえていける世界は、なんて幸せだったんだろう。かえしてほしい。兄とだけふえていける身体を、かえしてほしい。かえしてほしい。

「かえしてほしい」

「なにを？」

隣に、兄がいた。水の入った鍋を火にかけているところだった。兄の腕時計はちょうど夕方の四時を指していて、何月なのかはわからなかった。

「忘れちゃった」

「奈世ちゃんに、なんか借りてたっけ」

「うん」

ソファ越しに見えるテレビの中では、○○と○○が話している。ふたりはいつも、同じことしか言わない。

「○○と○○は、どうしておれたちをふやしたんだろう」

「わからない」

「おれたち、苦しくない？」

「うん」

「ずっとずっと、苦しくない？」

「そうだね」

兄の爪は欠けている。

「ふたりは、わかっていたと思う。おれたちが苦しむってことを」

水の煮えるにおいがする。吸い込むと、なぜだか手を洗いたくなって、また蛇口を捻《ひね》る。ぬるい水を拭い去り、拭っても拭っても、指には毛が生えていて、そこを拠点にまた水は流れた。

「現象がよかった。植物みたいに、風でそよぐように、この世にうまれてみたかった」

わたしは、次になにをするべきか、思い出そうとした。折り畳み式の水切りラックのうえには、まだ箸が残っている。それを握る。慣れ親しんだぬくもりが傍らにある。煮え立つこともなく、平熱のままただそこにある。わたしは大きな川のなかを泳ぎながらわたしを大きな川だと思う、わたしは春風にたなびくカーテンに包まれながらわたしを春風にたなびくカーテンだと思う。兄の前にいると、わたしはわたしであると確信ができる。ふえてゆきたい。はじめからそこにあったかたちでふえてゆきたい。角の削れた小石のように、川沿いで群生するすすきのように、穏やかなものと、対等なものと、ふえてゆきたい。そう思うのは、わたしにとって当然のことだ。

「ねえ、わたしふえたい」

「うん」

「お兄ちゃんとふえたい」

コピー機の前に立っていた。ふたをあけたまま、ボタンを押し、光をただ見つめる。まだ、気づかれていない。だれにも怒られていない。ボタンを押す、もっと押す。兄は消えた。一瞬の閃光の後、キッチンにはわたしだけがいた。

カザンは、入り口から一番奥まった場所にある、窓際の席に座っていた。きりんのような木目のテーブル、深いイエローの別珍《べっちん》のソファ。彼女は、自分のためにぴんと背を伸ばせるひとだ、手を振ると振りかえしてくれた。全部水でいいと思っていたけど、そういうのはやめることにしたんだった。ホットのカフェオレを注文した。いろいろと、言葉のやりとりをしたけれど、それだけだった。すべてを話し終える前に、わたしも全力で竹生を捜す、絶対に捜し出す、とハグされた。首もとから、水で戻す前のわかめのような匂いがする。これは竹生にも話したことなんだけど、と前置きをして、カザンは語り始めた。

「わたしと、〇〇と〇〇は、大学で知り合ったの。三人で集まると、いつも生命のはなしをしていた。この世に誕生したすべてのいきものが湛えている美しさと、尊さ。いかにして、生命を苦しみから救い出すかということに心を砕いていた。胎盤からプラスチックが見つかったの、日々口にするペットボトルは水の重みで微かに削れていって体内へと流れ込む、人間はそれを分解する術を持たないから、どんどん堆積し続けている。人間はもう安全に産む術がない。そんな話を、真剣に聞いてくれるのはふたりだけだった。生まれてはじめて、言葉を喋っているような、言葉などなくとも溶け合ってゆくような感覚だった。〇〇と〇〇はとても社交的で、いつの間にか学外からも仲間が集まった。その時にはもう、語り合うだけには留まらなくて。わたしはその活動をひとつひとつミクシィで発信し、コミュニティを大きなものにしていった。でもね、苦しみから逃れようとすることは、とても苦しいことだったの。ときには苦しさから逃げ出そうとする仲間をひどい言葉でなじったりして、結束を固めていった。そんなとき、〇〇と〇〇は、光を見せてくれた。姿を見せてくれた。それはすばらしい光だった。わたしたちはみんな、自然と涙を流していた。そうしてわたしたちの目の前で、竹生は生まれてくれたの。世界は光だけで満ちていった」

組んだ二本の親指が、いつの間にか白くなっていた。

「不妊虫放飼《ふにんちゅうほうし》っていうのがあるでしょう。放射線で不妊化させた虫と番《つが》わせて、害虫を根絶させるっていう。農薬を使わない、環境にやさしい害虫駆除方法。それって、一生のうちに一人の相手としか生殖しない種族ほど効果があるの」

硬い葉の観葉植物に、ライトが照射されている。橙色《だいだいいろ》の光が葉脈を伝って満ちてゆく。

「奈世は、わたしたちを滅ぼそうとしているんでしょう」

「そのための身体なんでしょう、だから光るんでしょう」

「ちがうよ」

「人間の肉体を使った妊娠出産は苦しいの。いまもどこかで、女性が子どもを産んでいる、女性だけが産んでいる、産み続けている。そうすることだけが幸せなのだとわたしたちは刷り込まれている、だからそうしている。苦しい、そう思うだけで、全身の薄皮を引き剝がされたように苦しいの、いますぐにでも、息の根が止まりそうなくらいに」

「カザンの言っていること、わかる。わたしも苦しいから」

「心配しなくていい。お金や育児のこと。苦しみのない未来のためならいくらだって、協力してくれる仲間たちはたくさんいる」

力を込めすぎて縮んだわたしの両手に、カザンは手を重ねた。一秒ごとに力が加わり、わたしの拳はますます小さくなっていった。

「奈世。できるだけ、たくさんの子どもを産んで。あなたならできる、あなたにしかできない。あなたたちはわたしたちの光なの。そうして、未来のわたしたちを出産から解放して」

カザンの爪はきれい。白い机に落とす細長く赤い影。伸びてわたしの人差し指まで届く。

「そのために、〇〇と〇〇はきょうだいでつがいになったのに」

気がついたら川にいた。真っ暗で、誰もいなくて、こわくなった。川って、一枚の長いバスタオル、端と端を持つ透明な手、せーのって言いながら、やさしく揺すってくれているだけ。階段に座ると、YouTubeでおじゃる丸を再生した。違法アップロードされたやつだから、画面の中にはコナン君も一緒にいた。

「川って、なんできらきらしているかわかる？」

光が問いかけてくる。わたしは急にわからなくなった。

「あれも、光の帯なんだ」

「へえ」

声を出すと、喉は冷えていた。

「きらきらしているものと、おれたちはふえることができる」

「きらきらしているものと」

「きらきらしているものと」

「なんでわかるの」

「きょうだいだから」

「光になったらぜんぶわかった」

あぁ、そうなんだ。だとしたら、わたしお兄ちゃんの頬のきらきらと、ふえていけたらいいなと思うけど。

「お兄ちゃんがね、ふえたくないって言うたびに、わたしうれしくて、ほっとして、安心して、さらさらして、川みたいにさらさらして、ふえてしまいたくなるの」

「うん」

「わたしのこと、こわいよね」

光は左右に震えた。

「全部こわくなって逃げた。でもそれは、おれが光の帯であるとか、奈世がおれの妹であるとか、そんなことは、たいして関係がないことだった」

「うん」

「だから大丈夫。月曜日は学校に行くよ。心配させてごめんね」

光は少しずつ兄の形に近づいていった。暗闇のなか、宇宙に散らばる恒星のすべてを集めたかのように、疑いようもなく光っていて、顔がよく見えない。

「これからも、ずっと一緒にいよう」

「うん」

「ずっと兄妹でいよう」

「うん」

「ずっとふたりでいよう」

うん、と兄は静かに言った。つん、と鼻の奥が痛んで、川はきらめいていた。水面には小さな満月が浮かんでいる。飛び込んで、わたしも月に帰りたい。きらきらのプリンを食べたい。血のつながりのない兄と、きょうだいのように暮らしたい。きょうだいというかたちで、常に誰かと結ばれていたい。

「月の光を浴びると、なんか漲《みなぎ》る」

「わかるかも。ちょっと遠回りして帰ろうかな、おにぎりふたつ買っちゃおうかな、みたいな気持ちになる」

「おれも、結露した窓に落書きでもしようかな、爪塗ったまま学校いっちゃおうかな、みたいな気持ちになる」

兄が笑う、わたしは目を細める。

わたしは川に問いかける。

川には苦しみがないと思う？

返事がないまま川が流れる、それはやがてわたしの喉を流れる、わたしの股の間から流れてゆくその水と、わたしはやすやすとふえてゆく、ふえてゆくことができる、かなしい、すべてとふえてゆくことのできる身体はとてもかなしいよ、川はさらさらしている、さらさらしている、返事のない恐ろしさが、絶えずわたしたちの身体のなかをさらさらと流れ続けている。

火の粉

暑かったので火《ひ》の粉《こ》は口をつぐんだ。火の粉は恋をしてはいけないと言われて育った。地元の高校を卒業後、都内の私立大学へ進学し、文京区にある衛生用品を製造販売する会社へと就職した。

「お腹すいたね」

この日は朝から、同じ部署の先輩と郊外のホームセンターを訪れていた。市場調査として、店頭で他社はどのような什器《じゅうき》を展開しているか、ＰＯＰはどのように飾られているか、などを見て回る。途中、柔軟剤コーナーへも足を運び、テスターをくんくんと嗅ぎながら、かにのように横移動をする時間があった。これいい匂いじゃない？　と黄緑色のビーズが入ったボトルが鼻に近づいてきたので、はいと答えた。マウンテンスプリング、と書いてあった。

「なに食べたい？」

国道沿いに、何軒も飲食店が連なっている。しゃぶしゃぶ、から揚げ、イタリアン、中華、ハワイ風のレストランもある。そのすべてが、平べったくて、大きい。駅前の、ビルの中にあるチェーン店に入ってもなんとも思わないのに、このように独立した店舗を見ると、胸が高揚し、ぎゅうと締め付けられる。向かいに座っているのが誰であろうと、メニューを選んでいるうちに家族のような親密さを覚えて、いつも油断をしてしまう。自分が、クーピーで描かれた存在だと思い込む。相手のことも。

「あぁ、ちょっと待って」

先輩はブラウスを肘までまくると、むき出しになった腕を走行中の車窓から出し、日光に当てた。右腕には、メロン味の寒天のようなものが埋まっている。排気ガスの混ざった粉っぽい光が、半透明の素肌を衒《てら》いなく貫通する。

「最近、からだがぷよぷよしてきたから、ダイエットしてんの」

先輩は笑った。光合成をすると、少しだけ空腹が紛れるらしい。

「わたし、ドリアが食べたいです」

看板をいくつも通り過ぎた後、ようやく、そう口にする。

「うん。いいね」

橙《だいだい》の看板を目印に、車体は広い駐車場へと侵入する。自分の輪郭が、少しずつやわらかく潰れていく。

井戸水《いどみず》が亡くなったという報せのために、三年B組のグループLINEが動いた。成人式の後にできたグループで、発言者は担任の先生だった。十年前、三年B組の教壇に立っていたのは、その年の春に公立大学を卒業したばかりの新任教員で、額がいつも汗できらきらとしていた。

「きみたちは特別だから」

ぼくにとって初めての生徒だから、きっと何年経ってもこの日々を忘れないと思う。最後のホームルームで先生は語った。教室内の何人かは涙を流していた。窓の外で雨が降っていた。

先生と同じ名字のアカウントが分裂していることに、火の粉は気がついていた。ひとつだったものが、いつのまにかふたつになっている。片方は、名字しかない。名字しかないほうのアイコンをタップすると、赤ん坊のほっぺたが表示され、フルネームの方のアイコンをタップすると、住宅の骨組みが背景画像に表示される。

夢は叶う

黒板のうえに飾られた標語を眺めながら、腹と制服の隙間に手を差し込み、頭からシャツを抜き取る。九月の、第二土曜日。町内のゴミ拾いのボランティアに参加するため、ジャージを着た生徒たちがグラウンドに集まっていた。八十人ほどいた。内申点が良くなる、という噂の信憑性は低かったが、参加者のほとんどは三年生だった。

井戸水はグラウンドの西側にあるブランコに、大きなポリ袋を持ったまま座っていた。それを見つけた火の粉は、そばにある鉄棒に両足をひっかけて、こうもりのように、さかさまにぶらさがる。

「さぼり？」

地面のすぐそばにある口元を動かして、声をかける。

「いや、わかんない」

井戸水はまっすぐ前を見ていた。

「わたしは、さぼり」

「なんできたの？」

「いい高校行きたいじゃん」

もっともらしいことを火の粉は答えた。

「おとなになったら、やりたいことがあるってこと？」

「うん。そうなんじゃない」

「たとえば？」

井戸水が問う、うずまきのかたちに砂埃が舞い上がるのを目で追う、びるびると風に攫《さら》われそうになったポリ袋を匿《かくま》うようにかき抱く両腕を見ているうちに、火の粉は自分の夢を語ることを忘れた。

「好きなひとってできたことある？」

井戸水は言った。

「ない」

「わたしも」

井戸水は、わざわざ拾わなくてもよさそうな、小指のつめほどの小さな落ち葉をポリ袋に入れた。その落ち葉と呼吸を合わせるように、火の粉は両手を地面につけて鉄棒から降りた。

「わたし、恋をすると死んじゃうから」

「へえ」

「そういうふうになってるんだって」

寂しそうに井戸水が言うので、火の粉は気の毒になった。

「誰が言ってたの？」

「ままとぱぱ」

「……おんなじだ」

そうささやくと、井戸水はへー！　と言いながらブランコを漕いだ。そして人間に恋をした瞬間、心臓に埋め込まれたガラスが爆発するのだと、教えてくれた。

「はじめて会った。おんなじひとに」

火の粉の瞳の中で、井戸水は静かに笑った。

「わたしも」

そう微笑み返した火の粉の心臓に、ガラスは埋め込まれていなかった。ただ、火の粉は恋をしてはいけないと言われて育った。恋をしない生き物だという確信は、教育を受けるずっと前からあった。

「みんなしてるのに、わたしたちはできないんだね」

「しなくていいんだよ」

井戸水はむーっと言った。


葬儀は親族のみで行われるとあった。

昔、一度だけ井戸水の家に行ったことがあった。築年数の浅い一軒家の屋根は、鮮やかな水色をしていた。課金をしたので、マッチングアプリの現在地を、その水色の屋根まで飛ばすことができた。井戸水によく似た顔の男が表示されたので、いいねを押した。

「資料ばっちりです。明日の会議、緊張するだろうけど、ファイト！」

先輩からの書き込みに、ありがとうございます、と返信する。退勤ボタンを押し、パソコンの電源を落とす。スマートフォンを持って数歩先のベッドへ横たわる。マッチングアプリをひらく。人の顔がずらりと画面に表示される。公園の芝生に寝転んでいる写真、白を基調としたカフェでコーヒーを飲んでいる写真、トイレにいる写真。スマートフォンで撮った写真、一眼レフで撮った写真、プリントした写真をスマホで撮影した写真。読み取れる情報はそれくらいで、みんな同じ顔に見える。退屈さは無い。わくわくワンちゃんネット、を見ていたときと、同じ高揚感がある。かわいらしくて、一生懸命で、愛おしいような気がしてくる。等しく。

「すごい、熱いね」

人間《にんげん》の手が、ふくらんだ腹のうえを撫でた。へそに溜まった水を、穴をつまんで放水させる。天井の鏡に、仰向けになった姿が反射している。身体の中心を一本の黒い線が通っている。チーズかまぼこの切れ目のようで、そこからぷりん、と皮のない自分が飛び出す様を想像する。

「卵子、燃えてるから」

「そうなの？」

「今日、排卵日だし」

本当は、卵がどこにあるのか、わからない。生理日予想アプリがそう表示するから、そう思うだけだ。真っ白なカレンダーにこつんと黄色い卵の殻が置かれている。水曜日から忍び込み、さざなみで拾ったライターで火をつける。ぱきぱきと殻が鈍色に焦げる。

「つぶつぶしてる」

小さな声で火の粉は言った。

「ん。おれ、アトピーだから」

この部屋を照らす光源を見ていたから、どうして急に体質の話になったのかわからなかった。無意識のうちに、人間の腕の内側にある細かく皺の寄ったやわらかい部分を撫でていた。

いつまでも明るかった。

「蛍光灯の黒々としたつぶつぶって、昆虫のつぶみたい。虫なのか糞なのか卵なのかわからないけど、見るたびにふえていくから、あそこで繁殖してるんだと思ってた。教室でも、スーパーでも、自習室でも、わたしの部屋でも、あそこはひっそりと明るいから、ふえるにはちょうどいいんだと思った。本当は酸化した水銀なんだって。虫って光に弱いから、おじいちゃんの家の近くに誘蛾灯ってあった、コンビニの裏とかに、青い光で。それをじっと見ているのが好きだった。公園からの帰り道、自転車を止めて道路を跨《また》いだ遠くからずっと」

噛んだ肩の冷たさを思い出していた。それを支える二本の腕は、通信講座のプレゼントでもらった望遠鏡とちょうど同じ太さだった。

「どうして、人間っていうの？」

「どうしてって、どういうこと？」

「もっと、人間らしい名前にすればいいじゃん。みちるとか、さとみとか、あきらとか」

ユーザーネームが人間だったから、目の前の存在を、人間と呼ぶしかない。仕事終わりに渋谷で待合せをして、そこから直接このホテルに向かった。服を脱ぐ前は、どちらかというと窓みたいだった。雪の降る静かな窓。

「消えようとしてる？」

「どうだろうね」

人間の背中にはりついた。背骨が出ている部分は硬いので、その左隣の平らな部分に頬を潰すように押し当てて、腕を回した。とくとくと、長細い花瓶から滓《かす》のたまった水をシンクに落とすときの、あたたかい音がする。かわいいと思う相手と性交をするのは、あまり良くないことだ。

盆は静岡の実家には戻らず、自室のベッドのうえで過ごした。雨が降っていた。長野県にある美術館へ行きたかったが、洪水警報を見て諦めることにした。十三時になっていたので、ウーバーイーツで昼食を注文する。バターチキンカレー。アルミホイルの中で折りたたまれたナンをひらく。植物の葉のように大きい。野菜を、もう五日は食べていない。空腹をあまり感じたことがない。何かを食べないと死ぬという知識があるから、朝昼晩と、食事をするだけだ。だから、先輩の葉緑体がほしい。植え付けてほしい、とよく思う。

朝、起きると、口の中が乾燥していた。寝間着のまま、リモートでの会議に出席する。大人数での会議はカメラオフが許される。固まりやすいから。音声もミュートにしているので、冷蔵庫から牛乳を取り出し、シリアルに注いで食べる。資料はエクセルで送付され、パワーポイントでスライドを共有しながら議題が進んでいく。つい一年半前までは、一枚一枚、資料をプリントして【社外秘】の印鑑を押し、ホチキスで留め、前日には出席者の机に置いておく必要があった。

にゃあ、にゃあ

だれかのねこの鳴き声が聴こえる。ゼリちゃん。かわいいねえ。会議中だから静かにしようねえ。

高木《たかぎ》さんのアイコンが、チカチカと点滅している。チカチカしているひとは、アクションがあるということで、つまり声を発しているという合図だ。

「高木さん、大丈夫ですか」

高木さんは、別の部署にいる派遣社員だ。オンラインでは、何度もやりとりをしているが、まだ一度も、オフィスで会ったことがない。

「あ、本当にすみません。ねこが近づいてきてしまって、無視できなくて」

謝罪の後、高木さんは音声をミュートに切り替えた。

「じゃあ次、広報部の担当者お願いします」

発言者がカメラオンにするルールだった。背景効果が反映されていることを確認してから、カメラのアイコンを押す。寝間着姿の自分が、滝の前にいた。数年前、家族で訪れた滝がとてもきれいだったので、設定した。くくく、とモニターの角度を調整して、なるべく上半身が写り込まないようにする。

「〇〇さん。顔が見えないんだけど」

「ごめんなさい。なんか反射しちゃって」

今日は、よく光る日だ。自分では制御ができない。そういうひとは、社内にも何人かいる。その中でも、火の粉が一番光っている。

「〇〇さん、続けてください」

部長がそう言ってくれたので、安心してプレゼンをはじめる。先輩が、画面の中から見守ってくれているのがわかる。先輩は、頭皮もかすかに青い。そこからも光合成をするのだ。

二週間前、ドン・キホーテのエスカレーターでそれを知ったときはうれしかった。

「まずは資料を共有させていただきます」

かち、と予《あらかじ》め立ち上げておいたパワーポイントの画面を共有する。

「今回は」

表紙から次のページに切り替える瞬間、画面が固まってしまった。先輩が、小さな窓の中で、じっとこちらを見ている。急いで再起動をして、ふう、と息を吐く。スムーズにコミュニケーションができなくて当たり前だという前提が、心地よかった。

「ワクチンはもう打った?」

「まだです」

「そっか」

なかなか予約できなくて、と言うと、ぼくもと返ってきた。自分の顔より、ほんの少し高いところにある耳に、薄いグレーの布製マスクがかかっている。汗を拭うためにそれをずり下げると、頬や唇のうえの皮膚がぷつぷつと赤くなっている。不織布だとかぶれちゃって、と申し訳無さそうに言う。

「驚いたよ」

「妹の同級生なんて」

井戸水の兄とマッチングしてから、何度かやりとりをした。

〈今は恋愛とか考えてないけど、大丈夫？〉

〈わたしも〉

〈会おうよ〉

〈家に行ってもいい？〉

読み返すと、そのスムーズさに気分が良くなった。

「地元の人間関係って狭いよなあ。休日とか車で運転していると、昨日エッグマートにいた？　とか話しかけられて、中学の後輩とちょっと牛丼食べただけで付き合ってんの？　とかすぐ言われて。役所に行くと、中学の同級生とか、同級生の兄弟とか、同級生の親とか、昔の自分のことだけ知っているひとが、一定の半径の中にずっといて」

井戸水の兄は、新卒でテレビ番組の制作会社に入社したものの、月に五日しか自宅のベッドで眠ることができない生活に嫌気がさし、二年目の夏に退職したらしい。再就職までの間、実家にいるつもりが、なにも活動しないままずるずると時間だけが経ってしまったという。

「なんか家にいることが好きだなって気が付いて、料理とか洗濯とか、意外と苦にならない」

「へー」

「〇〇さんは家事とかするの？」

「いや、するけど、苦しいです。なんか、牛や魚を切り刻んだり、それをきれいに洗った皿に盛りつけたり、郵便受けに入っているピザのチラシと光熱費の明細書を仕分けたり、そういうことをしているとき、生きているって感じがしなくて」

マスクをしているから、となりを歩いているひとの表情はわからなかった。

「そういう考えのひともいるか。おれは、むしろ、そういうのが生きているって感じするけどね」

バラエティ番組が一番の楽しみだったのに、一度でも関わりのあった芸人や、エンドロールで知り合いの名前を見ると、心臓がぎゅっとなってしまう。楽しみも夢もない、と言いながら、楽しそうに小石を蹴る。途中、コンビニに立ち寄った。欲しい物を探し終えると、井戸水の兄が会計をしていたので、その後ろに並んだ。ほろよいのハピクルサワー味とコンタクトの保存液を差し出す。透明な膜の奥でバーコードが読み取られる。トレイのうえにのったコインがす、と返ってくる。

「最後にいつ会いましたか」

「去年の夏、一緒にこの家の掃除をした。犬を飼っていたんだけど、そいつが死んで。そこからは、一度も会ってない」

「こんな状況ですもんね」

「でも、後悔してるよ」

下校途中のカラオケボックスで、光を、井戸水が歌ってくれたことを思い出した。ぺとついた格子柄のソファのうえで、ふたりきりだった。揺れる木々を背に、白からシアンに、ぱたぱたと倒れていく言葉のかたちを眺めながら、すぐそばにある頬の内側に川が流れていると言われても疑わず、まっとうに信じた。

井戸水の家の屋根が見えた。井戸水の兄が、ドアノブに鍵を差し込む。ホテルのルームキーを模したアクリル製のキーホルダーがぶら下がっていて、源泉、と書いてあるのが見えた。シューズボックスには三匹の招き猫と、水分を奪われて縮こまった消臭ゼリー、廊下にはクレーの天使の絵が飾られていた。左右に扉があり、井戸水の兄はす、と右側の扉を指差した。

「ここが妹の部屋」

「へえ」

「一緒に入る？」

「やめておきます」

「そう」

リビングに案内されたので、ソファに座った。ローテーブルがあって、その奥にテレビがあった。ハートや星のかたちに切り抜かれたフレームに納められた、家族写真をぼんやりと眺めた。川の前で、井戸水と井戸水の兄がにっこりと笑っている写真が数枚と、川だけの写真が一枚。その下に、ママ＆パパ、と紫色のラメペンで書いてあった。

「似てるでしょ」

「はい」

なんか作るよ、と言って井戸水の兄はキッチンへと向かった。しばらくソファに座っていたが、立ち上がりその後を追う。鍋の中でパスタが茹でられている。冷蔵庫に紙粘土でできた雪だるまのマグネットが貼ってある。ほこりがこびりついている。手を洗いたくなったので、蛇口をひねる。冷えた水が勢いよく流れ出る。

「赤ちゃんってキスしたらできるんだよ」

「うそでしょ」

「じゃあする？」

「しない」

井戸水だったすべてが、指の隙間から流れ落ちる。

「わたし、結婚したら、国から子どもが送られてくるんだと思ってた」

「わたしも」

あの日、井戸水の部屋で本を読んだ。カーテンに染み込んだ防虫剤のにおい、熱放射のゆらぎに合わせて西日が揺れる、やわらかなベッドのうえ、本をひらいたまま居眠りをする井戸水の背骨が見えた。“Water”と書いてあった。薄い皮膚に、針で纏《まつ》られたように、文字の周囲の肉がぷつと盛り上がっていた。なぞりたかった。それだけしかなかった。影が青くて、火の粉は死ねなかった。

水沢なお（みずさわ・なお）
1995年静岡県生まれ。第54回現代詩手帖賞を受賞しデビュー。第一詩集『美しいからだよ』で第25回中原中也賞受賞。第二詩集『シー』。本書が初の小説集。

参考文献

『昆虫食スタディーズ』水野壮／化学同人／二〇二二

初出

「うみみたい」「文藝」二〇二二年冬季号
「スウィミング」「文藝」二〇二〇年冬季号
「生殖する光」「ことばと」vol.3
「火の粉」TOLTA『猫と一緒に外国へ行く』

うみみたい

2023年3月20日　初版印刷
2023年3月30日　初版発行

著　者　水沢なお
発行者　小野寺優
発行所　株式会社河出書房新社
〒151-0051
東京都渋谷区千駄ヶ谷2-32-2
電話03-3404-1201（営業）
03-3404-8611（編集）
https://www.kawade.co.jp/

装　丁　三瓶可南子
装　画　MOYACO
組　版　KAWADE DTP WORKS
印　刷　株式会社暁印刷
製　本　小泉製本株式会社

Printed in Japan
ISBN978-4-309-03100-2